LETTERA AGLI ONESTI DI TUTTI I PARTITI

Felice Cavallotti

Texte et illustration de couverture : © domaine public
Edition : Culturea (Hérault, 34)
Contact : infos@culturea.fr
Retrouvez notre catalogue sur http://culturea.fr
Imprimé en Allemagne par Books on Demand
Design typographique : Derek Murphy
Layout : Reedsy (https://reedsy.com/)

Dépôt légal : janvier 2023

ISBN : 9791041843039

PRIMA PARTE

Scrivo queste pagine con disgusto, con rivolta dell'anima: ma le scrivo colla coscienza serena, dopoché per più giorni, tentando il possibile, resistendo a provocazioni che avrebbero stancata la pazienza di un santo, ho sperato di evitare a me stesso la fatica amara di doverle scrivere. Tentativo di speranza di cui nessun merito avrei, se proseguissi un qualunque interesse mio o mi tentasse qualsiasi povera ambizione: perché sol chi vuol salire, naturalmente desidera trovar meno aspri i gradini. Ma, finito appena sia il compito, che verso il Paese m'imposi, so di poter dimostrare la mia ambizione sola qual era, e invoco l'ora di poter in altr'aria, fra ben altre memorie, rifarmi dell'aria respirata fin qui.

Ho sperato più giorni si aprisse qualche porta per cui s'uscisse dalla situazione convulsa, impossibile, creata al Paese e alla Camera, senza bisogno dì farmi sembrare cattivo. E dico impossibile, perché non serve dir ad un altro paese, come dire ad un uomo, di lavorare, di attendere utilmente ai propri interessi di casa, se non ha il cuore in pace, se ha una spina confittavi, se un martello nell'animo gli manda sossopra le idee. E inutile pretendere che un'assemblea rappresentativa funzioni, se vi son dentro cento o centocinquanta persone tormentate dal sospetto o dal convincimento di trovarsi in faccia ad un ministro disonesto. La tempesta di animi che impedisce alla Camera, al Paese, ogni utile lavoro proseguirà, finché la pietra dello scandalo non sia rimossa.

Sognarono di una sfida feroce lanciata da me alla maggioranza: la mia feroce ostilità è tanta, che da tre giorni che son nella Giunta delle Elezioni, non ho fatto finora che proporre convalidazioni di elezioni della maggioranza, quella di un ministro, Paolo Boselli, compresa; e avrei sinceramente desiderato per gli amici personali, per gli onesti, che della maggioranza fanno parte in buona fede (degli altri non parlo e non curo) di lasciar che il ministro del loro cuore li liberasse da un conflitto penoso, cadendo decorosamente in una battaglia politica, magari colla illusione di essere caduto per la sua divisa, "per Dio e per il re".

Non mi è stato possibile, non lo si è voluto. E mentre si accusava me di fuggire, all'assemblea della nazione - sanguinosamente insultata, violentemente chiusa per i comodi d'un uomo - si è negato - dopo cinque mesi - il diritto persino di una spiegazione qualsiasi e dopo avere calunniata la Camera antica, accusandola di scandali e di offese al presidente, assistiamo allo scandalo inaudito di un ministro che tratta il capo eletto dell'assemblea come un suo servo infedele, e gli intima lo sfratto con vituperj feroci.

Ebbene mi pare che ora basti... E dovea bastare anche prima, perché mi pareva di aver detto, sul quesito morale che s'impone, già assai più di quanto sarebbe occorso in qualunque paese libero del mondo, perché un uomo pubblico accusato dovesse capire il dover suo. Nossignori; è da me che, con inversione novissima, si pretende un supplemento di prova! è a me che s'intima di completarla! E quando l'avrò fatto, sarete contenti?

Non per questo mi trascinerete fuor del terreno del diritto mio. Non vi bastava il fin qui detto, non bastava un'accusa la più precisa che sia stata mai? volete ancora dell'altro: e io vi servo. Ma vi ho chiamato in giudizio: e ci dovete venire. Perché se i punti sugli i non vi bastano, se non vi bastano i documenti che vi dò, avrò ancora di che contentarvi; ma credo che adesso basterà pel Paese; e se per qualche cosa di quello che dirò pretendeste che io vi porti il testimonio nella Camera, fate conto che il testimonio nella Camera ci sia. Del resto, al punto in cui trovansi le cose, non sono più i vituperj della Riforma che bastino a strozzar la questione. Gli urli spasmodici dell'organo dello zio Dittatore, i suoi rabbiosi "mentisce! mentisce! mentisce!" a me non fanno né più caldo né più freddo di quegli altri "mentisce! mentisce! mentisce!" - perfettamente identici - che quel certo altro tipo - senza confronto più artistico - strillava a ogni capitolo della mia storia meravigliosa. - E s'è visto com'è andata a finire!

Al punto a cui sono portate le cose, non vi è più assemblea rappresentativa al mondo che possa sottrarsi alla necessità di sapere se ella conti nel proprio seno o un ministro disonesto o un deputato calunniatore.

Non lo volesse egli, il giudizio per lui, qualunque de' miei colleghi avrebbe diritto di volerlo per me.

Intanto, e sino a un giudizio nuovo, nessun improperio, nessun vituperio di scribi, assoldati col pubblico furto, sopprimerà mai il dislivello morale tra chi fino ad oggi esercitò il suo mandato col più severo scrupolo, senza lucrarvi un centesimo, e chi per anni, notoriamente, ne fece una lunga speculazione; tra chi in faccia ai magistrati fece sempre i dover suo, e chi avendo ingannato ab antico con un falso documento il suo Dio, ingannava più tardi con una falsa testimonianza il suo giudice.

Poiché, quando un accusato, per tutta difesa, si limita a negare vomitando sull'accusatore improperi, è ben lecito e giusto di cercare anzitutto, nelle sue note caratteristiche, il peso ed il valore delle negative.

Cerchiamole dunque. Ma prima di tutto una parola a quei tali i qual tiran fuori - niente altro potendo - la solita storiella ch'io parli di cose sul Crispi a me già note, quand'ero ancora in buoni rapporti con lui. No cari signori, v'ingannate: sono anni che combatto Crispi, ma non lo conoscevo, non l'ho conosciuto prima dell'autunno e del dicembre scorso il Crispi che a me oggi sta innanzi nella sua trista figura morale. Quando entrai nella Camera a trent'anni, sapevo di lui le sue pagine parlamentari: gli volevo bene per quelle, e per ciò che credevo delle sue pagine di storia, non avendo pensato ad appurarle mai. Quando scoppiò lo scandalo del 1878, e tutti gli furon sopra, domandai per lui il diritto di difesa come lo domandavo al 14 del dicembre scorso; poi tacqui, perché allora egli accettò la sua posizione di imputato: e rispettò la condanna dell'opinione pubblica: e perché un errore - quand'è creduto il solo - non basta a distruggere il giudizio su la vita intera di un uomo. Più tardi, al governo, dall'88 al '90 lo conobbi bugiardo, dissimulatore, violento, prepotente: e niuna lotta più acerba è notoria di quella fra lui e me dal 1888 al 1890; ma sopravviveva la stima per alcune qualità dell'uomo, e troppe altre cose ignoravo di lui. Nel dicembre, a Molfetta, saputolo tornato al potere provai una stretta dell'anima: rividi nella mente il 1889 e il 1890 il che non mi tolse di dargli - da lui richiesto - il mio avviso, e di negargli il mio voto e combatterlo da capo, appena lo vidi rifar la strada antica.

Ma restava per l'avversario un avanzo di stima: e non dimenticherò, campassi cent'anni, la triste notte del Comitato dei Cinque - e la tristissima lettura - per cui la stima fu spenta nel cuor mio. Perché fu da allora che risalii ad altre indagini, di altri fatti: così come a furia di sentirlo cantare eroe autentico delle patrie battaglie, le voci autentiche - per davvero - delle battaglie si destarono.

Lasciamole dunque le storielle da parte e nelle note caratteristiche dell'uomo cerchiamo cosa valgono le smentite sue.

Ah, quelle note fate male ad obbligarmi a rivederle! È là fra esse, che o ritrovo il falso antico del 17 dicembre 1854, il famoso atto nuziale delle vostre nozze di Malta.

Un bel documento affè mia per le vostre odierne smentite! Ce l'ho qui davanti nel suo testo latino, nel manoscritto originale fotografato e non oserei chiamarlo falso, sentirei freddo a chiamarlo così, se non vi fosse bastato l'animo di proclamarlo cinicamente voi stesso, quando vi tornò comodo di liberarvene dopo averlo per 25 anni sfruttato!

E a rendermene più rivoltante la lettura, ho qui innanzi autografa, in carta bollata, la supplica che la povera vittima di quel falso, invocando il sacramento e i servigi resi all'Italia come figlia della Savoja, indirizzata a Benedetto Cairoli, presidente del Consiglio nel 1878, una supplica che stilla sangue e che il mese scorso mi ha fatto fremere nel leggerla; e io dinanzi nei volumi dei biografi panegiristi il cinico racconto del come dia poveretta venne il falso un bel dì, come una allegra burla, buttato sul viso! [...]

Ah, le vostre note caratteristiche in fatto di credibilità, fate male a costringermi a rivederle!

È ancor fra esse che io trovo, quattordici anni dopo, il famoso atto notorio dei cinque testimoni del 30 settembre 1877, voluto dall'articolo 78 del Codice Civile, e la dichiarazione terribile del primo dei cinque testi, ivi firmati, il prof. Salvatore Francone che si vide pei comodi vostri carpita... una testimonianza falsa!

Mi ripugna trascriverlo tutto. Bastano poche righe:

Sig. Direttore del Piccolo Giornale,

uno fra i testimoni dell'atto notorio del matrimonio dell'onorevole Crispi, io sono stato sorpreso nel leggere l'atto di precedente matrimonio da voi pubblicato sere fa.

Lo credetti falso e scrissi all'onorevole Crispi una lettera che fu firmata anche dagli altri firmatarii dell'atto notorio per chiedergli una categorica risposta, uno schiarimento, una smentita. Ma l'on. Crispi non ci ha risposto...

...Io non potevo avere nessun interesse di rendergli servigio (a lui Crispi) a prezzo del mio onore... Io ero stato vivamente pregato di aggiungere la mia firma ad altre per compiere una buona azione...

Io non potevo supporre che mi si volesse trarre in inganno. in pienissima buona fede, credendo di compiere una buona azione, consentii a sottoscrivere l'atto notorio... Come sospettare che chi ha ottenuto la fiducia della Camera come suo presidente, chi ha compiuto le più delicate missioni diplomatiche presso le corti straniere, chi ha meritato la fiducia di due corone, volesse buscarsi la taccia di bigamo e far buscare agli altri la taccia e la pena di falsi testimonii?!

SALVATORE FRANCONE

Bei precedenti per essere creduto nelle smentite sull'affare Herz! E dire che questi precedenti bastarono per costringere allora Francesco Crispi a discendere dal potere innanzi al verdetto della pubblica coscienza.

E fu allora che il severo Giacomo Dina nelle colonne della Opinione (26 e 28 marzo 1878, n.d.r.) scriveva:

L'on. Crispi potrà difendersi vittoriosamente davanti ai Tribunali: ma rimane un Tribunale più elevato, quello della coscienza pubblica, al cospetto della quale egli è già comparso e da cui fu condannato, senza attendere gli oracoli del procuratore del re. La vita politica dell'on. Crispi è finita.

E poi:

L'on. Crispi riuscirà a giustificarsi davanti ai Tribunali: ma la coscienza popolare è tanto più inesorabile quanto più la legge è impotente a tutelare certi riguardi di pubblica morale.

E tornano a mente le parole di fuoco con cai Sidney Sonnino - oggi

collega di Crispi e ministro del Tesoro - stimmatizzava Francesco Crispi il 10 marzo 1878.

Parla, parla o Sonnino!

Che magistrati e giurati assolvano o no Francesco Crispi, che egli abbia o no una maggioranza di deputati pronti a dargli all'occasione un voto di fiducia, ormai il verdetto, quanto alla moralità dell'uomo, è stato pronunciato dalla nazione intera: e per quanto sia sconfortante il pensare che uomini in cui il senso morale è così basso possano in Italia pervenire ai più alti uffici dello Stato, non siamo però giunti a tale indegnità che vi si possano mantenere di fronte alla riprovazione unanime di tutta la cittadinanza Onesta.

S. SONNINO, Rassegna, 10 marzo 1878

È quello che penso anch'io. Come si dimentica presto in Italia! E poi dicono che Sonnino è un testardo.

Ma tu meni il can per l'aja, odo dirmi: e parli di cose di quindici anni fa! Troppo giusto: lasciamole dormire: se invece di quindici fossero almeno venticinque, tutt'al più servirebbero per mandare un galantuomo a Port'Ercole, come quel povero diavolo, ottimo padre di famiglia, denunziato al domicilio coatto, per avere nell'anno 1870 lanciato in isbaglio una ciabatta a un brigadiere!

Ah, per voi occorre un falso di data più recente? Come vi piace, vi servo anche di questo.

Esso è là, documentato in atti; solo nessuno se n'era accorto mai. Interrogato in carcere, Bernardo Tanlongo, dal giudice istruttore Capriolo, il 21 febbraio 1893, a domanda, risponde:

L'on. Crispi, siccome dissi, mi raccomandò più volte l'on. Chiara ed altri per sussidi e cambiali.

(Processo Banca Romana)

In seguito di tale deposizione, va il magistrato istruttore a esaminare Francesco Crispi, nel suo proprio domicilio di cavalier dell'Annunziata, ed ecco il brano di verbale dell'esame del teste Cavaliere:

A domanda, se sia vero quanto afferma il Tanlongo a suo discarico. che cioè il dichiarante abbia raccomandato più volte l'onorevole Chiara ed altri ecc., ed invitato a dare dilucidaziani, ecc. risponde:

"Il Tanlongo s'inganna non avendo io mai raccomandato alcuno per isconto di cambiali alla sua banca".

(Esame Crispi Cav. Fr. 4 Proc. Banca Rom. esame 21 maggio)

Il Crispi deponeva questo al giudice a faccia franca, il 21 maggio, e badate che non ci è sbaglio di memoria possibile, perché la stessa domanda gliela rinfrescava e non si trattava di somme di un centesimo; solo, egli credeva di farla franca, non pensando, quel giorno 21 maggio, che Bernardo Tanlongo quattro mesi più tardi, gli giuocasse il brutto tiro di pubblicargli il libro verde ove si legge:

Roma, 6-9-89

Onoratissimo Comm. Tanlongo

Dal presidente del Consiglio dei ministri.

Caro Commendatore,

l'on. deputato Roberto Galli le recherà questa mia. Abbia la bontà di consentirgli il favore che le domanderà.

Con anticipati ringraziamenti.

aff. CRISPI

(Postilla di Tanlongo: Il favore domandato è stato quello di favorire l'onorevole Galli che stante la raccomandazione del presidente del Consiglio ho dovuto ajutare - 9 sett. B.T.)

12 ottobre, 90

II.

Il Comm. Tanlongo riceverà l'on. Pietro Chiara e vorrà (addirittura l'imperativo!) essergli gentile come altra volta.

F. CRISPI

E così via di seguito: omettiamo per risparmio di tempo gli altri biglietti di Crispi a Tanlongo che sono là nel libro verde e gli altri per Cucchi, per Cardella ecc., di Crispi al "caro Comm. Tanlongo" che sono là nel processo della Banca Romana.

Ora apriamo la busta IV del plico Giolitti, e leggiamo nel primo elenco del registro dell'ispettore Martuscelli:

N. 420. Cedenti Chiara Pietra e Nicola; ordine Banca Romana. Effetti per L. 389.404 e cent. 70 andati in sofferenza nel gennajo 1862. Sino al 10 gennajo 1893 (cioè fin a dopo le scoperte delle ispezioni): "non si è pagato nulla".

Consta agli impiegati della Banca che i vari sconti delle cambiali furono fatti in seguito a vivissime raccomandazioni di F. Crispi.

E il comm. Martuscelli ispettore sapeva le cose tanto bene e meritava tal fede intera che il senatore Finali nel proprio interrogatorio, richiesto d'informare sui risultati dell'ispezione alla Banca Romana "volendo non dire che cose di matematica esattezza" se ne riferiva "in tutto all'ispettore Martuscelli per ogni particolare!".

Ebbene per mesi e mesi, dopo la relazione dei Cinque, si è seguitato - lo ricordate? - nei giornali che Crispi paga non del suo - a dare del bugiardo - come oggi a me - a Bernardo Tanlongo - meno male - e all'ispettore Martuscelli!

Chi fosse il bugiardo ora si vede!

E d'ora innanzi tra Crispi e un Bernardo Tanlongo sappiam, da un atto ufficiale, che è... Tanlongo che merita più fede! E l'altro vorrebbe... che gli credessero per Herz!

Ma qui si vede qualche cosa di più. Se anche da ogni parte non trapelasse che il Chiara non è che un prestanome, o per usare una frase precisa dell'ispettore Martuscelli "una testa di legno", anche se la raccomandazione non fosse resa più immorale dalla parentela, dall'enormezza della cifra, dall'insolvenza del debito - abbiamo nella falsa testimonianza del Crispi la prova - dico meglio, la confessione - ch'egli sapeva di non aver fatto cosa né corretta, né lecita: altrimenti non avrebbe, per nasconderla, ricorso a quell'altra cosa scorretta e illecita, che si chiama... una deposizione falsa!

Mi direte che se, come tale, essa è contemplata dall'art. 214 del Codice Penale, va però esente da pena, per il successivo art. 215, "chi innanzi al giudice manifestando il vero, esporrebbe inevitabilmente sé medesimo a grave nocumento nell'onore".

Ma questa stessa dizione del Codice, sopprimendo la pena materiale, aggrava la figura morale del teste falso! E certo infatti non era onorevole, per un capo di governo, intimare favori per un parente a quella Banca Romana di cui per solenne dichiarazione e censura del Comitato dei Sette

il Crispi conosceva da un anno il criminoso segreto!

Ebbene io domando: se qualche cosa di simile l'avessi fatto io, mi lascerebbero oggi nella Camera sedere? o dove dovrei andare a nascondermi?

Ma anche il falso del 1893 è cosa vecchia! Infatti son corsi due anni. Volete dei falsi proprio più freschi? O almeno una qualche complicità in falso, per poter credere al signor Crispi - quando smentisce - ad occhi chiusi? Ecco il signor Crispi, in piena Camera, chiamato a dar conto dei tribunali statari, annunzia solennemente di "avere in mano documenti schiaccianti".

E trionfalmente li presenta, li legge, fa fremere la Camera e le strappa il voto che è costato a tanti la galera!

Quanti sono gli schiaccianti documenti? due soli! il trattato di Bisacquino e il proclama dei Vespri firmatissimo. Neanche a farlo apposta... due falsi in una volta!

Altro che il bugiardo di Goldoni! Adagio, sento dirmi! lui non sapeva di presentare due falsi! lui non sapeva di ingannare la Camera! questo s'è scoperto dal processo, poi!

Ebbene, no! proprio dal processo si è scoperto - e fu l'avvocato fiscale Soddu-Millo che l'annunziò - che il trattato di Bisacquino; parto letterario del delegato di questura Morandi, era già stato nell'ottobre 1893 - cioè mesi prima che il signor Crispi osasse con esso mistificare la Camera, dichiarato dal sotto prefetto di Corleone non degno, per il suo tenore grottesco, di essere trasmesso alle autorità superiori.

L'avvocato stesso fiscale non esitò a dichiararlo una fantasticheria e bastava infatti a qualunque galantuomo, per capirlo tale, un atomo solo di serietà e di buona fede. Nossignori, arriva Francesco Crispi, e in mano sua ritorna buono, per salvare la patria e mistificare la Camera, il documento falso, già come tale ripudiato dalle autorità!

E vorrebbe essere creduto nelle smentite su Herz!

Ma c'è l'altro documento falso; è il proclama insurrezionale dei vespri - firmatissimo - parto della vendetta di un cancelliere di pretura contro il marito della donna che lo respinse.

Qui almeno, sento dirmi, era il Crispi in buona fede! Volete vederla la buona fede?

Atti Ufficiali della Camera, seduta 28 febbraio 1894:

Crispi, presidente del Consiglio: "A dare un concetto dei proclami che si spargevano nei comuni, ne leggerò uno solo che vale per tutti".

E qui legge il proclama:

"Operai figli del Vespro! ancora dormite? morte al re, agli impiegati, fuoco al municipio e al casino dei civili [ecc. ecc. ecc.]".

Prampolini: "È firmato?"

Crispi, presidente del Consiglio: "E firmatissimo. (Ilarità). Tutto risulterà dal processo".

Ebbene era falso che quell'appello fosse stato sparso nei comuni, era falso che fosse stato pubblicato e letto da anima viva, tranne il suo autore; era falso che mentre Crispi lo leggeva, fosse, nonché firmatissimo, neppure semplicemente firmato!

La firma era una menzogna del signor Crispi, lì per lì, per far colpo sulla Camera, e che nella sua stessa invenzione lo provava consapevole della falsità dell'atto che leggeva!

E vorrebbe essere creduto nelle smentite su Herz!

Ora io riapro il Codice Penale e nel titolo delitti contro la fede pubblica trovo all'art. 276 che il pubblico ufficiale (mettiamo che sia tale... il Presidente del Consiglio!) "che ricevendo o firmando un atto, nell'esercizio delle sue funzioni, attesta come veri fatti e dichiarazioni non conformi a verità, od omette o altera (come sarebbe, nevvero? inventare una firma) le dichiarazioni ricevute, ove ne possa derivare pubblico o privato nocumento è punito con la pena dell'articolo precedente" cioè con la reclusione da cinque a dodici anni.

Altro che nocumento! quante centinaia di anni di galera di più costarono quei documenti falsi presentati dal signor Crispi come ministro, e fatti scrivere negli Atti ufficiali della Camera, per carpirle un voto!

Voi mi dite che alla reclusione il Crispi non ci va - né per dodici anni, né per cinque - perché si tratta, anche per lui, di un reato che è coperto dall'immunità parlamentare: ringrazi dunque la sua buona stella e la suprema Corte di Cassazione che quella immunità l'ha fatta valere, altrimenti vede a che guaio, colle sue teorie, andava incontro! E come si troverebbe a mal partito con chi gli adoperasse il grande argomento de' suoi scribi, e gli chiedesse: ma è lecito servirsi del manto dell'immunità per diffamare, non già un solo cittadino né due, ma centinaia, e adoperare carte false per mandarli al reclusorio?

Ma le son cose del febbraio dell'anno scorso! Son passati quindici mesi! cose vecchie! Vogliamo una qualche complicità in falso più fresca, più fresca ancora!

Siete proprio incontentabili. Pigliate allora il memoriale Marescalchi, e leggetevi trascritto nel suo testo, il rapporto falso del questore Sangiorgi, inventante di sana pianta il tenore di un discorso pubblico non mai tenuto, per mandare un povero diavolo al domicilio coatto!

Il falso, voi mi dite, è un reato del questore! I tre giudici della Commissione, cioè Marescaichi e i due magistrati, non ne vollero sapere! Benissimo. Adesso leggete la lettera di Crispi al prefetto Giura con cui ammonisce acerbamente il Marescalchi che il suo preciso dovere era di prestar mano a quel rapporto falso e a tutti gli altri della questura e che associandosi invece ai due magistrati nel respingerlo, egli ha tradito il proprio dovere.

Se il falso documento non ha servito, convenitene, non è colpa del signor Crispi che ha fatto di tutto per farlo valere!

Ma e l'affare Herz? Abbiate pazienza, che verremo anche a quello. Dovendo prima mettere bene in sodo che quando Crispi e i suoi scribi smentiscono una cosa potete giurare a occhi chiusi che è vera, sebbene ce ne sia già d'avanzo, amo finire la dimostrazione, tanto più che l'affare Herz non è che l'anello di una catena. Vi sognate voi qualche cosa di lontanamente simile che fosse stato possibile con uomini i quali si chiamassero Quintino Sella o Lanza o Feracciù o Baccarini? Quell'affare fu possibile, perché c'era al potere chi, nel metter a frutto gli uffici pubblici, non aveva mai in sua vita patito di scrupoli. Ed è appunto perché questo vizio salta fuori ad ogni piè sospinto dalle pagine della sua vita, che a furia di leggerne tante, si trova essere di troppo questa pagina di più.

Vi ricordate l'ultimo giorno della Camera? Presentata la relazione dei Cinque e sorta su di essa la discussione, Francesco Crispi, livido, s'alzò a dichiarare che "era tutto un tessuto di perfidie e di menzogne".

E ad ogni buon conto da lì a un'ora scappava.

Già: perfidie e menzogne anche gli elenchi del commendatore Martuscelli, ispettore della Banca, corrispondenti, cifra per cifra, data per data, numero d'ordine per numero d'ordine, ai registri ispezionati della Banca e a tutti i documenti del processo!

Perfidie e menzogne anche la lettera 16 febbraio 1894 del comm. Mazzino, reggente della Banca in persona, che in questa sua qualità trascriveva semplicemente dai registri una nota degli effetti di casa Crispi esistenti presso la Banca e rimasti, fino alla scoperta dell'inchiesta, insoddisfatti ed occulti.

Questo mi ricorda perfettamente un aneddoto della penultima seduta della Commissione dei Cinque.

L'onorevole Cibrario, della maggioranza, eletto relatore con tre voti contro due, quello di Carmine e il mio, leggendoci la sua relazione, descrivente il contenuto delle buste, devoto a Crispi, ma galantuomo, si studiava conciliare capra e cavoli, il tenore dei documenti col dispiacere che gli recavano. Arrivato alla lettera del reggente Mazzino nella relazione se la cavava così:

"Lettera in foglio intestato Banca Romana riferentesi ad alcune dicerie (!!!) che circolavano nella Banca Romana."

"Ferma un momento", dico io. "Mi pare, amico Cibrario che tu sbagli. Prego l'amico presidente (Damiani) di avere a buon conto la bontà di rileggere il documento lettera Mazzino". E porgo, estraendola dal plico, la lettera al presidente che legge:

BANCA ROMANA

Roma, 16 febbraio 1894

Eccellenza,

in risposta alla richiesta confidenziale fattami da V.E. ho l'onore di rassegnarle i seguenti schiarimenti, quali risultano dalla contabilità della Banca e dalle dichiarazioni dei capi uffici preposti alli medesimi.

Esiste allo sconto un effetto cambiario, creato il 20 dicembre 1892, con scadenza 31 marzo 1893, portante l'accettazione del signor Palumbo Cardella e la gira di S.E. Francesco Crispi.

Esiste inoltre un conto corrente aperto il 15 luglio 1890 in nome di Valli Gio.Batta per conto L.C., che secondo i capi servizio (non essendo ciò stato mai a mia cognizione) significa Donna Lina Crispi per lire 14.000 e più gl'interessi dal 15 ottobre 1890.

Esiste infine una partita a debito della signora Lina Crispi di lire 4305.15 per controvaluta di fiorini 1969,91, pagate dalla Banca per la detta signora con lettera di credito, più gl'interessi dal 4 settembre 1890.

Esiste poi un debito a carico dei signori Pietro e Nicola Chiara per la somma di lire 390.404,70 contro i quali si stanno facendo gli atti giudiziali a Palermo.

Ho l'onore di rassegnarmi dall'E.V. devotissimo

B. MAZZINO

Ma il presidente non arrivò della lettura neanche in fine: perché dopo il primo esiste, il secondo esiste, il terzo esiste, arrivato alla quarta parola esiste, ho chiesto pacatamente al relatore:

"Amico Cibrario, ti pare che siano dicerie?"

E lui lealmente: "Hai perfettamente ragione; non mi ricordavo più il tenore." E cancellò lì sull'atto tutto quanto l'inciso. Non dico che lo facesse con piacere. [...]

Volete vedere come eran cose sapute? Nella lettera Mazzino il secondo esiste riguarda un conto corrente aperto il 15 luglio 1890 in nome di Valli Gio. Batta per Conto L.C. per lire 14 mila e più gli interessi dal 15 ottobre 1890.

Questo conto corrente così figura nell'elenco autentico del Martuscelli:

Valli Gio. Batta per conto L.C.

Ricevute il 15 luglio 1890 lire 14.000, meno lire 214 per interessi a tutto il 14 ottobre successivo.

Debito al 10 gennaio 1893... lire 14.000 (!!!). Non si pagano e neppure si liquidano interessi.

Ciò è enorme, nevvero? siamo d'accordo: ed è anche più enorme il leggere nell'elenco dell'ispettore Martuscelli queste precise parole (riconfermate nella lettera del reggente Mazzino):

Consta alla Banca Romana che le iniziali L.C. significano Lina Crispi.

Ossia la moglie di quello stesso deputato che mentre ancora di questo debito nemmeno si pagavano e nemmeno si liquidavano gli interessi, si opponeva all'inchiesta sulla Banca Romana!

E avete lasciato passar di questa roba sapendolo? domandai in dicembre scorso ad uno dei Sette.

"Lo sapevamo così poco", mi rispose, "che ci si era persin fatto credere che quelle iniziali L.C. significassero... Lamberto Colonna o Lazzaroni Cesare!".

E basti per saggio.

"E lo stesso Mazzino se avesse fatto innanzi a noi le rivelazioni precise specificate che si trovano nella lettera sua al Giolitti, è chiaro e certo che il Comitato avrebbe fatto altre indagini e non avrebbe indietreggiato avanti ad un giudizio anche più severo. Nel fatto, così come sono le indicazioni della lettera Mazzino, sono per la maggior parte, per me e per i miei colleghi dei Sette una novità".

Altro che cose vecchie e sapute!

Ma torniamo al primo fatto della lettera Mazzino, ossia torniamo dalla moglie al marito.

Quando io la prima volta fermai l'occhio, con istupore e disgusto, nei documenti dei Cinque, sul fatto gravissimo dell'effetto Crispi 29 dicembre '92, a distanza di pochi giorni dal discorso di Crispi del 20 nella Camera, contro l'inchiesta della Banca Romana, non aveva ancora tutta intera dinanzi, ne' suoi precisi contorni, definiti dal codice penale, e da quello dei galantuomini, la enormezza del fatto. E basti dire ch'era sfuggito a me, com'era sfuggito a tutti.

Appena il fatto fu segnalato e l'enormezza cominciò a trasparire, la Riforma e gli altri salariati misero avanti le mani e negarono sfacciatamente che il Crispi, il 20 dicembre, avesse difeso nella Camera la Banca! Capivano che una volta assodato questo, siccome le date parlavano, la concussione era lampante (come lo è).

Ahimè! il deputato Crispi nella seduta del 20 dicembre aveva fatto più che difendere la Banca Romana!

Presentata da Napoleone Colajanni la domanda dell'inchiesta fieramente contrastata dal Miceli e da altri, i quali sapevano come stavano, il più violento e più astuto nell'opporsi alla domanda onesta fu il Crispi. E doveva essere ben forte l'interesse che lo moveva ad unirsi al governo perché fosse respinta, da fargli dimenticare persino il suo odio personale contro il Giolitti. Impedire quel giorno la inchiesta sui fatti criminosi e segreti che la Banca Romana celava nel seno, era ben più che difenderla! era salvarla addirittura!

E Francesco Crispi quel giorno la salvò!

Oggi che tutta Italia ha saputo quali erano le oneste cose che quel giorno si vollero nascondere e ha saputo dal solenne verdetto dei Sette che Francesco Crispi in quel dì le conosceva - oggi è alla luce vergognosa di quelle rivelazioni di poi, che io consegno alla gogna della storia parlamentare le parole di Francesco Crispi in quella tornata del 20 dicembre, e poi vedremo - per triste colmo di scandalo - qual era la posizione personale del signor Crispi in quel preciso momento che dal suo stallo di deputato compiva parlando il brutto ufficio. E si comprenderà perché al darne conto abbia preferito il 15 dicembre fuggire.

Tornata del 20 dicembre 1892 (Atti ufficiali):

Crispi: Non mi sarei atteso che si fosse venuto dopo quattro anni alla Camera a parlare di fatti già quasi giudicati (!) e per moltissimi dei quali si è già provveduto (!).

L'inchiesta parlamentare non si può, non si deve votare. Non si deve perché non sarebbe atto patriottico, mi scusi l'on. Colajanni, il votarla.

Inchieste ne furono fatte parecchie. Alcune ordinate sotto il mio ministero furono rigorosissime.

Non ho nulla da aggiungere alle parole del mio caro amico Miceli, il quale, colla onestà che lo distingue, ha raccontato le cose come sono andate.

I parlamenti hanno un dovere: quello della prudenza nelle loro deliberazioni.

Possiamo discutere tra di noi; accusarci tra di noi; ma non possiamo accusare quelli che non sono qui (cioè Tanlongo). (Bravo! Benissimo!)

L'on. Colajanni vorrebbe costituire un Comitato di salute pubblica: non ne è il tempo. (Ilarità).

Colajanni: Ci arriveremo.

Crispi: Non ci arriverete. Sono sogni d'infermo. (Interruzione dell'on. Colajanni: Benissimo). Ho combattuto contro altri più forti di voi, e se volete continuare sopra una via che non è la nostra, sbagliate.

Colajanni: Potrei rispondere malamente.

Crispì: Potete rispondere come volete, troverete la replica. Il nostro credito all'estero peggiorerebbe per una inchiesta parlamentare. Quanto all'opera nostra dell'89 non abbiamo che a lodarcene. Se momenti critici non fossero sopraggiunti, saremmo venuti alla Camera con un disegno di legge che avrebbe una volta per sempre riparato all'anarchia bancaria.

(Il disegno di legge, di cui qui si parla, non occorre dirlo, era il famoso disegno per la Banca Unica, alla quale il ministro, salito al potere col programma della Sinistra, della pluralità delle Banche, s'era rapidamente convertito in pro della

Banca Nazionale... avendo pudicamente acceso con essa il grazioso prestito delle 254 mila lire, tenuto clandestino, e sotto condizione di non pagare, stando al potere, un centesimo né di interessi, né di capitale. Simonia di cui la storia delle corruzioni parlamentari non ricorda più tipico esempio). [...]

E il discorso non è che una pallida illustrazione del contegno del signor Crispi, mentre il Colajanni faceva contro la Banca la sua formidabile requisitoria; contegno così irritato e provocante, che avendolo i deputati dell'Estrema, a lui vicini, invitato a chetarsi, rispose rabbioso a Caldesi, a Garavetti e agli altri lì presso: "Tanlongo ha dei milioni da seppellirvi tutti quanti!". [...]

Che Crispi fosse; quel dì 20 dicembre in cui salvava dalla inchiesta Tanlongo e la sua Banca, debitore clandestino di effetti ingenti in sofferenza alla Banca Romana, risulta ormai ad esuberanza dai documenti dell'inchiesta.

Ed è chiarito con la maggior precisione dal trovarsi quegli effetti Crispi nella nota dei titoli d'indole clandestina, consegnati da Lazzaroni a Tanlongo: dall'interrogatorio Lazzaroni 14 aprile '93 da cui è assodato come i tre effetti Crispi (uno di 10.000 a scadenza 15 gennaio '93, uno di 25.000 a scadenza 30 febbraio, l'altro di 20.000 a scadenza in bianco) appartenessero: "alle operazioni riservate che non passavano per la trafila ordinaria della Banca". [...]

Ma qualche cosa di ben più grave del debito occulto in corso è il favore nuovo che il signor Crispi non si vergognò di mandar a chiedere a Tanlongo immediatamente dopo resogli nella Camera, come deputato, l'immenso servizio del 20 dicembre 1892.

Questo favore è descritto nella terza operazione dell'elenco n. 11 dell'ispettore Martuscelli il qual elenco è il seguente:

Atti Parlamentari n. 76 a.

Portafogli. Situazione al 10 gennaio 1893.

Operazione n. 94 del 5 gennaio 1893.

Bufardeci Emilio cedente dell'effetto n. 374, accettato da Bufardeci Sebastiano per L.13.000 - scadenza 3 aprile 1893. - Si crede nella Banca Romana che questi effetti sieno Stati scontati nell'interesse della famiglia Crispi.

Operazione n. 9251 dell'8 novembre 1892.

Campagnano Vitale di Raffaele, negoziante in mercerie, cedente degli effetti n. 28.684 a 28.687, accettati da Campagnano Raffaele, per L.16.000, scadenza 8 febbraio 1893. L'8 febbraio 1893, con operazione n. 940 bis, gli effetti furono rinnovati, coi n. 2.592 a 2.595, con riduzione a lire 15.900.

Secondo dichiarazione verbale dello stesso Campagnano Vitale, gli effetti sarebbero dipendenti da acquisti non pagati da Lina Crispi.

Operazione n. 10.757 del 20 dicembre 1892.

Crispi Francesco cedente dell'effetto n. 34.526 accettato da Giuseppe Palumbo Cardella per lire 20.000 scadenza 28 marzo 1893.

Come vedesi questo terzo dagli effetti tenuti amorosamente in portafogli (tralascio di consegnare all'ammirazione gli altri due precedenti) porta la data del 29 dicembre, vale a dire di nove giorni appena dopo il servizio reso dal Crispi, come deputato, a Tanlongo il 20 dicembre.

Domando a chiunque abbia senso elementare di onestà con che nome nel codice dei galantuomini chiamasi... lo sposalizio di quelle due date.

Ma aspettate ancora! Trattandosi di sposalizio, è giusto che per Crispi le date siano almeno tre; frugate in una noticina piccina piccina, rincantucciata in calce alla nota degli effetti Crispi, e scoprirete che questo effetto è il medesimo, di cui l'elenco Martuscelli ha rettificato la data che era segnata per isbaglio 19 dicembre, invece di 29 dicembre.

Dice la noticina:

Questo effetto (di 20 mila lire senza scadenza) che al 24 dicembre 1892 risulta come sospeso di cassa nella verifica di detto giorno, come dal libro sequestrato ed in atti, venne caricato in portafogli il 19 dicembre 1892 con la scadenza del 28 marzo 1893, epoca in cui venne pagato.

L'errore di stampa che ha cambiato il 29 in 19 è evidente dal contesto e dal confronto coll'elenco Martuscelli: resta adunque inoppugnabilmente accertato che non al 29, ma al 24 dicembre, quattro giorni soli dopo il discorso, l'onorevole oratore, difensore di Taniongo nella Camera, aveva già ottenuto dal medesimo il riconoscente ricambio del servizio resogli; ossia, supposto che non più di un giorno sia intercorso per la richiesta, il favore fu domandato quando non erano ancora asciutte le bozze stenografiche del discorso del 20!

E l'uomo che reclamava in quel momento questo onesto scambio di servigi, era quegli a cui Taniongo non poteva nulla negare, perché egli, Crispi, teneva in pugno da due anni, come incautamente confessò, e come i Sette constatarono, il segreto delle "cose da Corte d'Assise" che il 20 dicembre volle sottrarre alla luce!

Ed ora che il fatto è accertato e fuor di qualunque discussione, ossia ora che abbiamo nel documento Martuscelli, rischiarante i documenti dei Sette, la prova che su questo punto, come su quello delle raccomandazioni indarno negate dal Crispi al giudice, il Tanlongo ha confessato la pura verità - possiamo su questo punto dare al Tanlongo la parola:

"Anche il Crispi ha una cambiale di 5000 ed una di 20.000 lire fatta pochi giorni prima del mio arresto, che ne domandò 60.000 e che dovetti limitarmi a motivo della circolazione, che con il ritiro avvenuto dei depositi di conti correnti era quasi tutta emessa.

Oltre a lui, vi sono alcune cambialette della sua signora, che faceva figurare come concessionario un mercante ebreo di tessuti." (Relazione dei Cinque - lettera Tanlongo 17 luglio 1893).

E le 55.000 lire sono infatti esattamente la somma comprovata dai due documenti sequestrati n. 157 e 190 del Processo della Banca; le 20.000 di "pochi giorni prima dell'arresto" (che fu il 19 gennaio) sono quelle dell'effetto caricato in portafoglio il 29 dicembre; (sospeso di Cassa del 24 dicembre); il mercante ebreo di tessuti prestanome della signora è il Raffaele Campagnano, come risulta dal documento Martuscelli e amplissimamente dalle 102 lettere private di Lina Crispi al maggiordomo Lanti che la Commissione dei Cinque, a mia proposta, decise di restituire. Vale a dire, il Tanlongo nella sua lettera risulta su questo punto veritiero ed esatto fino allo scrupolo: come lo era quando affermò al giudice le raccomandazioni di Crispi da questi al giudice negate: motivo per cui diventa preziosa e indiscutibile la sua confessione (14aprile) che "quell'effetto delle 20.000 non figurava nemmeno sui registri della Banca" (la clandestinità è già provata) e la edificante rivelazione che quelle povere ventimila rappresentano una riduzione della domanda primitiva! l'onesto Crispi, - da oratore che si rispetta e da avvocato principe - aveva valutato il suo discorso del 20 dicembre al triplo - e aveva chiesto uno sconto di sessantamila!

E colto così colla mano nel sacco, il signor Crispi se ne va a faccia fresca a raccontare al giudice Capriolo ed ai Sette che le cambiali presso la Banca Romana "furono alla scadenza pagate!". Bella forza! [...]

Il signor Crispi si faceva bello di aver saldato i suoi effetti - giacenti clandestini fino al principio del '93 - dopo che l'ispezione Martuscelli e le perquisizioni e il processo dalla Banca avevano pontato alla loro scoperta!

E fino a che le scoperte non vennero, fino al giorno dell'arresto di Tanlongo, casa Crispi faceva onore ai suoi effetti nel modo che l'ispettore Martuscelli al 25 febbraio '93 descrive: "nemmeno si pagano e nemmeno si liquidano gli interessi!"

Tornando all'effetto del 24-29 dicembre, cioè all'onesto clandestino compenso del discorso del 20 dicembre - (che se fosse stato scoperto a me, mi avrebbe obbligato ad uscir sui due piedi dal Parlamento) mi sono tenuto ai documenti noti ed acquisiti i quali - come vedesi - esuberano alla dimostrazione del reato.

Solo ad abbondanza qui ripeto quanto dissi già, che nelle lettere della signora Crispi Barbagallo, - non quelle a Lanti, restituite dai Cinque, ma quelle a Bernardo Tanlongo di cui parla l'elenco 7 febbraio del delegato di P.S. Rinaldi, e di cui è cenno incompletissimo e superficiale negli appunti consegnati ai Sette - lettere che si trovano giacenti e nascoste fra gli undicimila atti del Processo della Banca Romana - se ne ritrova precisamente una della fine di dicembre '92, che collega il discorso fatto dal marito alla Camera in difesa della Banca, con una nuova domanda di danaro alla stessa! [...]

Dunque riassumiamo:

- È provato che l'onorevole Crispi dal 1889, "come Presidente del Consiglio conobbe la situazione della Banca Romana, qual era, dalla relazione Biagini" cioè conobbe i reati da Corte d'Assise in essa descritti "ma credé opportuno di passarli sotto silenzio".

- È provato che tenendo in pugno con un siffatto segreto, acquisito per ragion del suo ufficio, l'istituto e il governatore colpevole che non poteva perciò nulla rifiutargli, (e questa è la circostanza per la quale il caso del signor Crispi è enormemente più scandaloso e più grave di quello di tutti gli altri deplorati, i quali bensì pregavano favori illeciti, ma non avevan armi in mano da imporli) il signor Crispi onestamente se ne valse per farsi scontare effetti sopra effetti di favore, che ancora al 20 dicembre '92, mentr'egli salvava nella Camera il Tanlongo, ammontavano a L. 55.000, (senza contar le 50.000 estorte per l'elezione del V collegio di Roma e senza contare le altre sofferenze di famiglia); e se ne valse, inoltre per obbligare il governatore, che era, come vedesi, alla sua mercé, ad altri uguali favori ai propri intimi. [...]

- E provato che appena ebbe il 20 dicembre '92 col suo discorso nella Camera salvato l'Istituto e il governatore colpevole dalla inchiesta proposta da Colajanni, ne approfittò per farsi dar subito il 24 dicembre - oltre quelle che già doveva - altre lire 20.000 sapendo il governatore nell'impossibilità di negargliele.

E se questi non costituiscono nella più precisa forma i reati di concussione e corruzione, contemplati alti articoli 169, 170 e 171 del Codice Penale, tutti e tre questi articoli si potrebbero cancellare dal Codice.

E siccome questi rientrano nella categoria dei reati pei quali non pare che esista immunità parlamentare (lo provò Rocco De Zerbi la cui opera nella Commissione parlamentare, per valida che fosse, non ebbe tuttavia l'influenza solenne e perversa del discorso 20 dicembre che permise alla Banca, da Crispi salvata in quel dì, di far perdere allo Stato degli altri milioni), così, o il signor Crispi ne dà spiegazione alla Camera o dovrà altri occuparsene pei diritti della pubblica accusa.

SECONDA PARTE

Ed è alla luce di questi precedenti dell'uomo in materia di attendibilità, di delicatezza, di onestà, di scrupolo, - soprattutto alla luce ditali criterj, sulla fede che meritano le smentite sue - che esamineremo quest'altro affar pulito della... decorazione a Cornelio Herz.

E poiché a me piace in tutto la esattezza e la precisione - e l'una e l'altra mi fanno tanto comodo quanto all'on. Crispi fanno paura - sarà bene che io richiami, innanzi tutto, in che termini l'accusa è stata formulata. Il noto filandro della Capitale, ai sette di gennaio dell'anno scorso, cioè poco prima di entrare al servizio di casa Crispi, l'aveva riassunta semplicemente così:

Nel 1890 si ebbe un Crispi famoso per la invenzione dell'oro straniero. Il quale però non impedì al cavalier Crispi di beccarsi le 50.000 lire di Reinach per far dare una decorazione al famigerato Cornelio Herz.

(Capitale del 7-8 gennaio 1894)

E qui il filandro era inesatto, come i domestici che origliano agli usci. Io che amo invece la esattezza, la accusa del Secolo la ho precisata così:

che il decreto per la decorazione Herz, fu, può dirsi, proprio l'ultimo dato a firmare alla Corona dal Crispi, dimissionario, rovesciato sette dì innanzi, il 31 gennaio, dal potere proprio dell'ultima udienza reale che ebbe, indelicatamente abusando dell'ufficio provvisorio coperto per la sola tutela dell'ordine e per il disbrigo degli affari correnti (due giorni dopo Di Rudinì entrava in carica); tanto perché l'ultimo suo atto fosse degno dei suoi quattro anni. di governo;

che per ottenere quel decreto dalla Corona, il Crispi le diede a intendere una menzogna, che fu presto a Parigi scoperta e, scoperta che fu, s'impose l'alta ragione di revocare il decreto; menzogna della quale è in mia mano un documento autografo con una firma che taglia la testa al toro;

che oltre quella menzogna, il Crispi, per contestar l'operato, ne invocò e ne fece invocare dai suoi giornali un'altra peggiore, pretestando un rapporto del general Menabrea, ambasciatore a Parigi, sui pretesi meriti scientifici dell'Herz; rapporto che infatti esiste, e di cui per ora è pietà il tacere, ma del quale il signor Crispi si è onestamente guardato dal far conoscere un periodo che fa onore alla sincerità del Menabrea e bastava a rendere la proposta decorazione impossibile;

che scoperto il brutto inganno, non solo il signor Crispi non lacerò egli il decreto colle sue mani, come fece dalla Riforma sfacciatamente asserire (e non potea neppur farlo, perché non era più ministro) ma per tutto quel mese di febbraio contrastò con la più cinica, con la più ostinata resistenza alle pratiche replicate fatte presso di lui per persuaderlo colle buone a non opporsi alla revoca del decreto, scendendo perfino alla indecenza (quando si vide colle spalle al muro, davanti alle scoperte venute da Parigi) di offrire uno cheque francese di 60.000 lire (!!!) a beneficio del magistero dell'ordine, purché sulla revoca non si insistesse;

che il signor Crispi non deve aver avuto nemmeno la delicatezza di avvertire il suo cliente, a cui si era affrettato a spedir copia del decreto, di avvertirlo, dico, in febbraio, dei nuovi ostacoli sorti; poiché il povero diavolo di Reinach, non vedendo il diploma originale arrivare mai, spediva con lettera del 24 marzo la somma imprudentemente confessata dalla Riforma quando già il decreto, mercé la fermezza del ministro Di Rudinì, era stracciato da una settimana;

che infine la ragion data di quella somma dal signor Crispi e dalla sua onesta Riforma, come pagamento di onorari d'avvocato di quattro anni addietro, è un'altra semplice e solenne e ridicola menzogna, e le 50.000 lire riguardano il signor Herz e nessun altri - come in sede opportuna dimostrerò.

Ora se io fossi meticoloso, dopo aver precisate le cose in questi termini, io avrei diritto di dichiarare che non ho altro, per ora, da aggiungere, poiché non è più a me che incombe di dare spiegazioni. [...]

Ma il signor Crispi non è da oggi che fa il sordo per l'affare Herz.

Nel 1893, quando le accuse apparvero e le bugie della Riforma furono subito schiacciate, la Tribuna e altri giornali fecero intendere al signor Crispi che l'opinione pubblica reclamava la soddisfazione di un giudizio.

Il signor Crispi non rifiatò; e confidò nel facile oblio che è, in Italia specialmente, il grande ajutatore dei disonesti scoperti.

Ma dopo quattro mesi che io gli vado rinfrescando la memoria, e sbattendo sul volto il suo reato, per quanti conoscono e sanno l'indole vendicativa del Crispi, per quanti sanno che, se egli avesse la lontana speranza di farmi condannare come diffamatore, egli assaporerebbe la voluttà degli Dei, non è più un mistero che se il Crispi vi rinunzia, è perché sa che da un pubblico giudizio n'uscirebbe stritolato.

Dopo tutto quello che dell'affare Herz fu già stampato, io potrei oggi dispensarmi da qualunque dimostrazione o abbandonare il signor Crispi al giudizio degli onesti: perché dal marzo 1893 il signor Crispi si è reso confesso doppiamente:

1° col fuggir dal processo;

2° col farsi cogliere in bugia. [...]

Perché, ripeto, questo signore, come tutti i disonesti audaci, fa il conto sull'oblio degli altri: e negando oggi l'affare Herz, si lusinga che nessuno si ricordi come egli, su questo preciso affare, fu già colto in flagrante di bugia, proprio colla mano nel sacco, fino dal marzo 1893, quando il turpe mercato venne in luce.

Non me ne ricordavo - e vi basti! - nemmen io. Assorto in quei giorni nella duplice lotta per l'elezione di Corteolona e il processo di Mantova, rammentavo confusamente che su quel fatto vi era stata una polemica da cui il Crispi era uscito male: ma questo dicembre, appena scopersi, come commissario dei Cinque, le concussioni del Crispi - per associazion naturale corsi subito col pensiero a quel ricordo - e iniziai quella stessa settimana le indagini che mi condussero alla certezza del fatto. E fra i documenti più preziosi dell'accusa tengo i numeri di quel tempo dell'organo intimo personale del signor Crispi, la Riforma, che è quanto dire le asserzioni del signor Crispi in persona, e la sua autodifesa di allora; il cui confronto colle sue difese d'adesso è quanto può immaginarsi insieme di divertente... e di schiacciante. È un guaio certamente pel signor Crispi che le sue difese del '93 ei non sia riuscito a farle sparire; ma è perciò appunto che nei processi si fanno a riprese e ad intervalli gli interrogatorii, che poi servono a cogliere l'imputato - tradito dalla memoria - in contrasto fra le bugie inventate prima e le bugie inventate poi. [...]

Fu nel dicembre 1892, che, scoppiato a Parigi lo scandalo delle rivelazioni sul Panama e su Cornelio Herz e avvenuta la tragica morte del banchiere Giacomo Reinach, si venne per la prima volta a sapere di relazioni passate fra Comelius Herz, l'inclito ricattatore, e Francesco Crispi.

La improvvisa relazione destò scandalo. Come? L'uomo che denunziava furibondo i radicali per le loro relazioni coi francesi, scoperto a trescare con quanto ha di più losco il mondo politico in Francia?!

Il Joumal di Parigi mandò subito un suo redattore dal Crispi, il quale si difese espressamente con una intervista, dal Journal pubblicata il 26 dicembre. (E precisamente quella tale intervista, in cui l'italianissimo signor Crispi, parlando della politica d'Italia e dei suoi uomini di Stato col giornalista francese, per uso di un giornale francese, chiamava l'ex presidente del Consiglio ce pauvre mr de Rudinì). Ecco il colloquio autorizzato dal Crispi:

"Or ora, Eccellenza, mi parlavate del Panama. Il vostro nome fu pronunciato a proposito di Cornelio Herz".

(Crispi): "Sì, lo so. Nel 1889 il signor Herz, del quale conoscevo il nome come scienziato (!!!), venne a ritrovarmi in Napoli. Feci delle difficoltà per riceverlo, ma infine lo ricevetti, ed egli mi disse: "Non vengo in nome di nessuno, sono io personalmente che ho preso l'iniziativa di presentarmi a voi per conoscere le vostre intenzioni riguardo alla Francia".

Risposi al sig. Herz che non avevo nulla da rispondergli, le mie opinioni essendo note. Il signor Herz mi disse: "Forse tornerò a vedervi in altre condizioni". E ciò fu tutto".

(Journal, 26 dicembre 1892)

Ce fût tout! E ciò fu tutto!!!

Ammiratelo ben bene e legatelo in oro questo magnifico: "e ciò fu tutto" detto da Crispi in dicembre 1892, due anni dopo la decorazione di Herz, due anni dopo... il resto che si vedrà!

Ma l'Opinione il giorno appresso, fra lo stupore universale, riportando quel "ciò fu tutto" aggiungeva:

Non tutto. Per quanto sappiamo, a Cornelio Herz era stato concesso il gran cordone dell'ordine Mauriziano, cordone che dopo la crisi del 31 gennaio, rimase sospeso.

[...] Ma mentre l'Opinione così inaspettatamente completava il pudico "e ciò fu tutto" del Crispi, ecco si viene a sapere che Cornelio Herz era stato a Carlsbad in rapporti cordialissimi colla moglie di Crispi. Crispi fa rispondere che difatti Herz aveva tentato avvicinar la sua signora, ma che era stato tenuto a distanza. Allora il Figaro manda un suo redattore a Londra da Cornelio Herz: il quale gli fa le seguenti dichiarazioni:

"Certo io non sono l'agente di nessuno. Ma, a un dato momento, quando la diplomazia francese non si era ancora orientata verso l'alleanza russa, io m'ero assunto di rompere la Triplice, distaccando l'Italia.

Mi recai in Italia e vi coltivai l'amicizia del Crispi: allo stesso scopo procurai di guadagnarmi le buone grazie di madama Crispi, alla quale mi feci presentare durante il suo soggiorno di Carlsbad.

Oh, io so bene che oggi delle interviste più o meno sincere cercano attenuare la natura de' miei rapporti coll'ex primo ministro d'Italia: ma se il giurì d'onore che sollecito vuol prestarvisi, allora produrrò la corrispondenza del signor Crispi.

Quanto alla nobile signora sua compagna, poiché si è preteso che io mi ero presentato a lei come un intruso, ecco la lettera d'introduzione che il generale Menabrea mi aveva dato per lei."

(Figaro, 20 gennaio 1893)

E qui viene la lettera del generale Menabrea, 12 agosto 1888, con cui presenta il dottor Cornelius Herz "all'intelligente e graziosa sposa dell'illustre primo ministro d'Italia" e lo descrive come creatore "dell'importante pubblicazione... La lumière électrique".

Cornelius Herz prosegue:

"Posso mostrarvi altre lettere del Generale Menabrea. Avevo preso presso di me come impiegato il figlio di esso generale. Gli avevo assegnato uno stipendio di mille lire al mese... Non avevo nulla trascurato per cattivarmi le buone grazie di questo ambasciatore..."

E sopprimo il resto.

Ma purtroppo seguono qui, nel loro testo, tre lettere del generale ambasciatore Menabrea, del 20, 26 febbraio 1886 e del 24 ottobre 1888 di cui basta - e ahimè, ne avanza! - la prima, per quello che vedremo poi.

Parigi, 26 febbraio 1886

Caro dottore,

sono stato oggi a cercarvi al vostro ufficio: non avendovi incontrato, vengo a prevenirvi che mio figlio, avendo compiuto tutti i lavori che gli avete affidato per Roma, e non avendo ricevuto avviso contrario, mi ha telegrafato che disponevasi a ritornare a Parigi per mettersi a vostra disposizione.

Tutto vostro affezionato.

L.F. MENABREA

Teniamone nota e torniamo a Crispi.

Il "ciò fu tutto", come vedesi, seguitava a crescere a vista d'occhio: era già diventato un'amicizia con carteggio.

La Tribuna di Roma, impressionata, mandò a chiedere al Crispi, nel di lui interesse, una intervista. Stavolta il "ciò fu tutto" egli si guardò dal ripeterlo. Nell'intervista riportata dalla Tribuna, che dice averla riprodotta "con esattezza fonografica", il colloquio breve e quasi sgarbato, concesso con difficoltà, di cui Crispi aveva parlato nell'intervista anteriore, stavolta, meno male, diventa un colloquio lungo, espansivo: poi Crispi si degna di ammettere anche il carteggio, ed aggiunge:

"Rividi l'Herz a Ginevra nel 1891. Alloggiava all'Hotel de la Paix. Herz vide il mio nome tra i forestieri, venne a trovarmi, e pranzammo insieme; non si parlò che di politica sul solito tema..."

Un colloquio nuovo che salta fuori, e delle vacanze estive del'91; prendiamone nota: ci avverrà di ricordarlo.

E proseguiamo l'intervista:

"Il signor Herz voleva decisarnente staccare l'Italia dalla Triplice?"

(Crispi). "Il signor Herz parlava come tutti i francesi, i quali sono sempre ed avanti tutto patrioti". (Oh, che tenerezza!)

"Dell'alta onorificenza italiana che Ella avrebbe voluto dare al signor Herz la storia vera qual è?"

(Crispi). "Ecco, una onorificenza per Herz mi fu chiesta nella sua qualità di scienziato di vaglia".

"Da chi?"

(Crispi). "Mi permetta, caro signore, di non soddisfare la sua curiosità. Ogni designazione di persona potrebbe influire in questo momento ad accrescere le correnti di sospetto o determinarne; ed io credo dovere di galantuomo di non contribuirvi in alcun modo".

"Menabrea forse"

(Crispi). "No".

Il nome che Crispi si rifiutava di svelare - e adesso si capisce il perché - era quello... del banchiere affarista Giacomo Reinach. Decisamente era un nome che al signor Crispi scottava in quel momento il pronunciare.

Ma ridiamogli la parola:

"Avuta la domanda (prosegue il Crispi) feci prendere le informazioni d'uso. L'Herz mi fu dipinto come valoroso patriota che aveva fatto splendidamente il suo dovere durante la guerra del 1870-'71, come scienziato d'indiscutibile valore. Però per ragioni che è inutile ricordare, io (e l'on. Crispi accentuò questo monosillabo intenzionalmente ripetuto) io non diedi corso alla pratica, sicché il mio successore (Di Rudinì) non ha dovuto l'otto febbraio sospendere un bel nulla."

Tante parole, tante menzogne, come più avanti vedremo.

Ma se era una cosa onesta e lecita, domando io, perché prima nasconderla e poi mentire in quel modo nel confessarla?

E qui mi fermo un momento per dar la parola... al Corriere della Sera di quell'epoca, giustamente scandalizzato (1° aprile 1893):

Chi era Herz? Aveva un nome eguale a quelli di Pasteur, di Virchow, di Koch, di Edison, di Berthelot? Niente affatto. L'ambasciatore Menabrea, nella lettera di presentazione alla signora Crispi, enumerava i suoi meriti scientifici, chiamandolo il fondatore dell'importante pubblicazione... La lumière électrique!

E per quest'uomo (aggiungiamo pure per questo bel tipo morale di affarista ciarlatano) un ministro italiano propone nientemeno che il gran cordone dell'ordine Mauriziano, la più alta onorificenza cavalleresca italiana che non è stata data a nessuno degli scienziati di fama mondiale che abbiam nominati (e che è negata, aggiungo io, a tanti nostri generali e colonnelli incanutiti sui campi!)

Ed a richiesta di chi vien fatto questo atto straordinario? Chi garantisce i meriti eccezionali del signor Herz? Uno scienziato più famoso ancora? No, un banchiere, un affarista, il signor Reinach!

Il Crispi, ben vero, aggiunge che gli era stato dipinto "come un valoroso patriota che aveva fatto splendidamente (!) il dover suo nella guerra del 1870-'71".

E questa, se anche non fosse stata bugia, era un'altra ragione non meno stramba per dargli il gran cordone Mauriziano - tanto più che Herz, a quanto pare, non è francese, ma cittadino americano.

Insomma, da qualunque parte guardata e riguardata, la scoperta di questo gran cordone al preteso scienziato affarista Herz era e restava per tutti, in quel principio del '93, un enigma strabiliante, inesplicabile!

Ma, al 17 di marzo di quell'anno '93, venne a piovere sull'enigma una luce improvvisa.

Il signor Imbert, liquidatore giudiziario della successione dei banchiere Giacomo Reinach, suicidatosi, come vedemmo, in seguito alle rivelazioni sul Panama e alla sua rovina morale e materiale, era venuto a sapere che alla vigilia della sua morte, il suicida aveva affidato ad un amico, il signor Carpentier, una busta contenente carte, da consegnarsi al di lui fratello, Oscar di Reinach-Cessac.

Dietro invito del signor Imbert, Oscar Reinach si presentò infatti nello studio del medesimo, dove fece la consegna del piego ad esso liquidatore, in presenza del giudice di pace, assistito dal suo cancelliere, e dal signor Perard, notaio. Il piego non era suggellato: perciò il liquidatore si oppose che venisse esaminato, se non alla presenza della Commissione parlamentare d'inchiesta intorno agli affari del Panama.

La Commissione d'inchiesta, avvertitane, delegò un de' suoi membri, il deputato Depuy-Dutemps, ad assistere all'esame.

E questo ebbe luogo nel pomeriggio di venerdì diciassette marzo, alla presenza di tutte le dette persone. Prima di essere consegnate in piego aperto al signor Imbert tutte queste carte erano state copiate. Alla lettura delle medesime, fatta nello studio Imbert, apparvero le prove di un ricatto mostruoso, da cui venne la rovina e pare anche il suicidio di Reinach.

Il suicida aveva consegnato nel piego la indicazione e i documenti di tutte le somme che il ricattatore e già suo socio d'affari, Cornelio Herz, colla continua minaccia di deferirlo ai tribunali, aveva costretto il Reinach a pagargli nelle sue mani o a pagare a terzi per conto suo.

Il primo documento del piego ne formava il riassunto; e consisteva in un foglio recante la copia, o a dir meglio, il duplicato tutto di pugno del suicida, di una nota od elenco, diretto da lui, Reinach, ad Herz, e precisante l'ammontare delle somme versategli in seguito ai diversi ricatti.

In questo documento autografo che vedremo più sotto, e che fu, nel suo testo comunicato e pubblicato dal Journal des Débats, dal Temps, dal Rappel e da altri giornali, apparì il nome di Crispi per 50.000 lire, e annesse nel piego erano le lettere scambiate fra Crispi e Reinach, che a questa cifra si riferivano.

Il Journal des Débats pubblicava tosto nel suo numero successivo del 18 marzo, facendone una scelta, il testo preciso di molti dei documenti del piego, telegrammi e lettere Herz-Reinach, beninteso di quelli soli che riguardavano il Panama e che avevano interesse per il pubblico francese. Ne usciva, in tutta la sua laidezza, la mostruosa figura morale dell'Herz. Quelli dell'affare Crispi, siccome non riguardanti cose francesi, il Débats li tralasciò e si limitò ad accennare che riferivansi "al conferimento fatto dal governo italiano a C. Herz del gran cordone dei santi Maurizio e Lazzaro. Era il signor Reinach che avendo fatto ottenere al suo terribile associato questo gran cordone, fu poi obbligato di pagare 50.000 franchi per... spese di cancelleria. Ecco intanto il prospetto del signor Reinach... ecc."

Appena giunta in Italia questa scoperta sbalorditiva, il signor Crispi, per parare il colpo, fece spedire dalla compiacente Stefani un telegramma circolare a tutti i giornali del seguente tenore:

Il Rappel di Parigi afferma che fra le carte del barone di Reinach il nome dell'onorevole Crispi figurerebbe per 50.000 lire.

L'on. Crispi è stato avvocato delle case Reinach di Parigi e di Francoforte, pei loro interessi in Italia, dal 1866 fino all'epoca in cui assunse il potere.

Nel febbraio 1891 il signor Jacques di Reinach pregò l'onorevole Crispi di riprendere il suo ufficio e liquidò con lui gli onorari dovutigli fino al 1887 (!!!)

L'on. Crispi è ancor oggi avvocato del barone Luciano de Reinach, figlio del defunto il quale ha proprietà immobiliari in Italia.

Della decorazione Herz neanche una sillaba!

Tanto valeva non commettere lo sbaglio di confessare il pagamento! Ma per corroborare la smentita, Francesco Crispi si fece intervistare dal suo uomo di fiducia, Alfredo Comandini, il quale telegrafò al Corriere della sera in questi termini:

Appena conosciute le notizie del Rappel sui pretesi rapporti di Crispi col Reinach, interrogai l'on. Crispi. Mi disse: "Ho già fatto precisare dalla Stefani come stanno le cose. Fui avvocato dei Reinach di Parigi e di Francoforte dal 1866 al 1877. Andato ministro, chiusi lo studio sul serio, ermeticamente, non da burla, come hanno fatto altri. Ma tornato nel febbraio 1891 alla vita privata, Reinach mi mandò a chiedere se avrei ripreso il patrocinio dei suoi affari e risposi in modo affermativo. Allora fu che Reinach mi liquidò egli stesso i conti delle mie prestazioni passate, ed egli personalmente mi pagò con un vaglia del Banco di Napoli. La clientela del Reinach la ebbi per mezzo dei fratelli Weill-Schott coi quali sono anche in rapporto per ragioni professionali. Anche oggi sono avvocato del barone Luciano di Reinach, ufficiale dell'esercito francese, figlio del defunto che ha beni in Italia. Questo è tutto".

Ancora da capo il "questo è tutto"!

Ma no che neppure adesso non era tutto! perché proprio in quel mentre l'Italia Reale di Torino del 19 marzo usciva con uno schiacciante riassunto di parecchie delle circostanze emerse dalle lettere Crispi-Reinach incluse nel piego. Annunziava cioè l'Italia Reale, in una lettera da Parigi, colla sigla Y.C.: Dai documenti comunicati venerdì dal signor liquidatore Imbert al signor Dupuy Dutemps risulta:

che il barone Giacomo Reinach, il 19 gennaio '91 aveva pregato il suo amministratore a Roma cav. Filippo Palomba, capo sezione al ministero di grazia e giustizia, di adoprarsi a che venisse accordato il gran cordone a Cornelius Herz;

che il Palomba rispose promettendo che avrebbe mandato il fratel suo, avvocato Palomba, dal ministro Miceli;

che con lettera successiva il Palomba dichiarava esser meglio dirigersi direttamente a Crispi; e che da qui cominciava il carteggio con Crispi, con una lettera di Reinach, scongiurantelo a ottenergli per la sua quiete morale e materiale, la decorazione in parola.

Infine l'Italia Reale pubblicava un estratto della lettera Reinach, accompagnante il 24 marzo 50.000 franchi a Crispi, nonché la lettera di Crispi accusantene ricevuta.

Ecco giunto finalmente, non è vero?, il momento pel signor Crispi e per la sua Riforma di difendersi! Eccolo giunto il momento di dare una risposta stritolante, di quelle che dà e sa dare ogni galantuomo, quando si trova faccia faccia colla calunnia!

La Riforma - cioè Crispi - (nel n. 82 del 22-23 marzo 1893) risponde che "tutto questo è una vile menzogna come tutti possono scorgere a prima vista, confrontando i pretesi fatti e le pretese lettere con le date".

E per prova che tutto questo è una vile menzogna, la Riforma..., confuta le date? ohibò; confuta le lettere? ohibò! Per tutta prova la Riforma - cioè Crispi - oppone questo argomento unico, schiacciante: "E fatto accertato e notorio che fu l'onorevole Crispi stesso a non dar corso al decreto per la decorazione di Herz".

È chiaro?

Per essere più chiaro ancora, il Crispi in persona, al Comandini ripete formalmente e conferma che "il decreto fu lacerato da lui Crispi, mentre era ancora ministro dimissionario".

Ebbene, quest'unico schiacciante argomento, scelto fra tutti, per prima e sola risposta, questo fatto accertato e notorio era - come oggi tutti sappiamo essere cosa notoria e accertata, - era una solenne, sfacciata menzogna.

E siccome di ciò la prova limpida, irrefragabile il lettore la troverà più avanti, qui domando ad ogni magistrato, ad ogni onest'uomo, se avrei o non avrei il diritto di limitarmi a questa prova unica - e convinto il signor Crispi di avere mentito anche qui - come già aveva mentito (e s'è visto) nelle interviste antecedenti - dispensarmi, pel giudizio, da ogni indagine ulteriore - come se ne dispensa il pretore che coglie in falso il ladruncolo alla sua prima risposta.

Ma ho promesso di abbondare sino allo scrupolo e, siccome le menzogne abbondano, la promessa manteniamola.

E fermiamoci alla confessione preziosa, strappata coi denti, del ricevimento delle 50.000 lire (oro vero francese), per ammirare la spiegazione bugiarda che il signor Crispi ha tentato di darne.

Evidentemente il signor Crispi qui è stato di una inabilità affatto unica, come accade a coloro che si impigliano nelle proprie bugie. Se la scoperta del piego Reinach e l'impressione che destò non lo avessero colto alla sprovvista, mai egli si sarebbe lasciata, nel primo sbalordimento, sfuggire la confessione che il pagamento esisteva, perché avrebbe capito che la spiegazione non reggeva all'esame, ed era provata bugiarda.

Una volta appigliatosi al disperato partito di chiamar tutto menzogna, meglio valeva negar il pagamento, che inventare la bubbola degli onorari di Reinach... arretrati del 1887!

Lasciamo andare che non vi è un cane in Italia, a cui far credere che Francesco Crispi del quale le consuetudini avvocatesche e i bisogni continui, sitibondi di danaro, sono noti, attendesse fino al marzo 1891 per farsi liquidare da Reinach le sue competenze... del 1887.

Lasciamo andare che da tutti i conti dell'amministrazione Reinach risulta escluso il più piccolo debito, la più piccola pendenza aperta con Crispi per onorari vecchi di causa dovutigli.

Che era ed è notorio a Parigi e in Francia e in Italia e dovunque, che il banchiere Giacomo Reinach non era l'uomo da far sospirare quattro anni e mezzo ai suoi avvocati gli onorari; anzi era splendido in queste cose; che il signor Crispi non ha mai saputo dire quali furono queste cause, e nel 1887 qui in Roma di cause civili del Reinach se ne trova una sola, e, neanche a farlo apposta il Crispi! - come avvocato non figura in essa un cavolo, o meglio, può dirsi, vi figurava in senso precisamente inverso; poiché è una causa risoluta per sentenza arbitrale degli arbitri commendatore Capone, già presidente d'appello, comm. Caccia, direttore della Corte dei Conti, e senatore Augusto Pierantoni, a favore di Reinach contro il suo avversario... il sig. Pinelli, intimo e alter ego di Crispi (oggi suo capo di gabinetto), condannato dagli arbitri a rigurgitare e restituire al Reinach molte migliaia di lire onestamente tenutesi; ma dopo tutto questo, abbiamo anche la prova precisa, palmare, che le 50.000 lire - su cui non è più questione, perché dal Crispi confessate - si riferivano ad Herz - ossia alla sua decorazione e a nessun'altri e a nient'altro. [...]

Il signor Crispi, il quale non ha maggior rispetto dei morti che dei vivi, non pensa che vi è un'ora terribile e sacra in cui l'uomo ha diritto di essere creduto: ed è quella in cui, faccia a faccia colla morte, spontaneamente cercata, l'uomo dice addio alla terra e rivela il segreto che gli stava sull'anima. In quell'ora anche un banchiere che preferisce la morte al disonore, ha più diritto certamente a esser creduto di un uomo politico che ha nel suo passivo documenti falsi e testimonianze false!

E il barone Giacomo di Reinach, di cui Francesco Crispi afferma e si onora di essere stato l'avvocato, come di esserlo tuttora del figlio suo, il barone di Reinach, avrebbe la vigilia della sua morte inventato contro il suo avvocato difensore la perfidia infernale di distrarre dalle centinaia di migliaia di lire da lui spese in cause, proprio queste sole 50.000 lire, per farle comparire, esse sole, di compendio di uno affaraccio per Herz, e di un ricatto anziché di onesti onorari; e ciò per il solo gusto di infamare il suo proprio avvocato nell'andarsene all'altro mondo! E Francesco Crispi, calunniato a quel modo come avvocato del padre, avrebbe voluto esserlo ancora del figlio!

Eh via, rispettiamo i morti, e la testimonianza suprema di chi sta in faccia alla morte.

La parola è al suicida - a Giacomo di Reinach.

Il foglio grande autografo, da lui scritto la vigilia della morte, (duplicato della nota mandata ad Herz), annesso come indice agli altri documenti, letto il 17 marzo nello studio del liquidatore Imbert, alla presenza dello stesso fratello del defunto, del deputato dell'inchiesta Dupuy-Dutemps, del notaio Perard, del giudice di pace e del suo cancelliere - consegnato quel dì stesso alla pubblicità nel suo testo autentico integrale, su cui non è più questione, e depositato presso il magistrato - reca in testa di tutto pugno del suicida, come tutto il rimanente, questa scritta: Somme consegnate da me a Herz in conseguenza del suo ricatto.

Vale a dire, che le cifre di questo elenco riguardano unicamente Cornelius Herz. È chiaro? Ecco il documento autografo nella sua integrità.

Sommes rémises par moi à Herz par suite de son chantage.

Vos billets .... fr.
3,039,000

Schwob .... "
319,000

Donon .... "
150,000

Venise .... "
5,000

Francfort .... "
30,000

John Reinach .... "
240,000

Chabert .... "
150,000

Versements à vous ...."
670,000

Chèques .... "
2,765,475

id. .... "
150,000

id. .... "
23,700

Panama .... "
1,250,000

Chez Rotschild .... "
250,000

300 actions electricité .... "
150,000

Le 30 décembre 1890 .... "
775,000

Le 1 févriér 1891 ....   "
30,000

Le 9 févriér 1891 ....   "
30,000

Le 26 févriér1891 ....   "
75,000

Le 12 mars (Nice) .... "
15,000

Le 24 mars 1891 (Crispi) .... "
50,000

Le 3 avril 1891 (par Chabert) ...."
135,000

Le 6 juin 1891 (par Chabert) ...."
50,000

Le 9 juin 1891 (envoi a Berlin) ...."
50,000

Le 2 juillet 1891 (envoi a Francfort) ....
    "   253,000

Le 1 octobre 1891 ....   "
350,000

Le 20 décembre 1891 (Londres) ....
    "   50,000

Le 1 juillet - 1 septembre 1892 .... "
125,000

   Fr.   11,190,175

E fra tanti documenti che la Riforma pubblicò, questo si è ben guardata dal pubblicarlo!

E contro questo documento, contro la dichiarazione solenne del morto, che esso reca in fronte, il signor Crispi ha il coraggio di venirci ancora a parlare... di onorari!

Mettiamoci in conto quest'altra menzogna e andiamo avanti.

C'è ancora bisogno di aggiungere che i documenti del piego giustificanti le cifre specificate dal suicida in quel foglio-indice, si riferivano ad esse e non ad altro? Che il suicida non poteva, né aveva nessuna ragion di commettere verso il suo avvocato e difensore da tanti anni, e col quale risulta, dalle stesse difese del Crispi, esser stato fino all'ultimo in rapporti eccellenti - di commettere, dico, quest'altra infamia diabolica di includere nel piego, inteso a dimostrare il ricatto di Herz, e intestato come tale, le lettere scambiate con Crispi sui terreni di Prato di Castello o su altre sue cause civili?

Or mentre la Riforma smaniava a chiamar turpe menzogna la scoperta avvenuta nello studio Imbert, e il signor Crispi, ridotto a confessare le 50.000, inventava la scappatoia degli onorari, ecco cascare addosso all'uno e all'altra un'altra rivelazione di Y, il corrispondente dell'Italia Reale. Y (sigla del signor E.B. che alla cortesia di un famigliare di Reinach doveva di aver potuto vedere e trascrivere i documenti del piego - e perciò poté accennare anche al colore ed al sesto dei foglietti gialli) scriveva da Parigi all'Italia Reale:

La notizia trasmessavi è grave, ma rigorosamente esatta.

Parte dei documenti mi fu posta sotto gli occhi. Il telegramma di Crispi: "Venite qui appena potrete" e la letterina di ricevuta li ho avuti in mano. La frase "da noi" la lessi, alla sfuggita, in una lettera che cominciava: "Non so come facciate voi repubblicani; ma da noi monarchici le cose vanno più adagio".

E che Y fosse ne' suoi ragguagli esattissimo, ne dié prova la Riforma di pochi giorni dopo, del 29, pubblicando, costretta, la lettera del 25 luglio '90 sui repubblicani e monarchici, che comincia precisamente in quel senso!

Contemporaneamente, a Parigi, il Journal des Débats che aveva da fonte diretta avuto e pubblicato il testo dei documenti del piego riferentesi al Panama, pubblicava nel numero del 24 marzo sera anche il testo, tradotto in francese, della _famosa_ lettera del 24 marzo, accompagnante l'invio delle 50.000.

Il testo era il seguente:

Caro Crispi,

eccovi le 50.000 lire di cui farete l'uso convenuto.

Insisto di nuovo presso di voi che vorrete finire questa faccenda al più presto, perché ne ho bisogno assolutamente per i miei affari. Se fosse necessario, farei un nuovo viaggio, se me lo domandaste.

Vogliate spedirmi una ricevuta per mia quiete.

Credetemi con stima ed affezione

Vostro GIACOMO REINACH

E la ricevuta di cui è qui cenno, era stata già pubblicata dall'Italia in questi precisi termini:

Caro Jacques,

ho ricevuto la fav. v. col noto documento.

Mi metto subito all'opera e spero che riusciremo presto.

Credetemi vostro

CRISPI

Or rilevando la frase della lettera Reinach "di cui farete l'uso convenuto" il grave Débats metteva già a posto la storiella allegra degli onorarii, con questa semplice osservazione di buon senso:

"Dunque il danaro sarebbe stato versato, non in vista di risultato ottenuto, ma in vista di un risultato a ottenere..."

La pubblicazione del Débats della lettera Reinach (già data, in sunto fedele, dall'Italia Reale cinque giorni prima) fu un fulmine per la povera Riforma. Aveva strillato che i documenti dell'Italia erano una turpe menzogna clericale, che erano "documenti immaginari falsi o travisati" (Riforma 26 marzo); e ahimè, come fare a ripeterlo per il grave serissimo Débats, che avendo pubblicato sei dì innanzi, il 18, il testo riconosciuto esattissimo degli altri documenti del piego, aveva benevolmente omesso quelli di Crispi, e non potea credersi che, pubblicandone ora uno, commettesse per lui solo la eccezione di inventarlo?

Di questa lettera l'Italia Reale quello stesso giorno rivelava esistere la ricevuta dell'ufficio postale di Parigi, così come il Figaro il mese scorso la pubblicò col fac-simile autentico sott'occhio.

La bugia di Crispi nell'intervista Comandini (vedi sopra) di avere avute cioè le 50.000 personalmente dal Reinach in Roma ne restava letteralmente stritolata. Difatti, per confessione della Riforma, (numero 29 marzo '93) il Reinach era stato a Roma il 5 marzo, e il Reinach accenna appunto a quel viaggio nel dichiararsi pronto a farne un altro, mentre invia le 50.000 lire il 24, data su cui non rimane dubbio, perché il prospetto del suicida, documento acquisito, la certifica.

La Riforma (così prodiga di documenti!) questa volta non solo si guardò pudicamente dal riprodurre la lettera Reinach, pubblicata dal Débats, ma nel dispetto di esser messa al muro, non potendo adesso più attaccare la lettera... attaccò il morto che l'aveva scritta!

State attenti e divertitevi.

Ai 19 di marzo (Riforma n. 78, dispaccio alla Stefani, intervista Crispi-Comandini), tutto è bugia e Reinach è un cliente di cui Crispi vanta la clientela; ai 22 di marzo (Riforma n. 82) tutto è vile menzogna "e tutte le lettere sono lettere pretese..."; ma ai 28 marzo (Riforma n. 88), uscita la lettera del Débats, l'organo dell'avvocato di Reinach accusa il povero morto di aver ricorso a "un artifizio per dissimulare le sue appropriazioni" (già! in una nota di undici milioni e 200.000 gli occorrevano proprio, per dissimularle, quelle misere cinquantamila!!!); e loiolescamente insinua che un tale artifizio "spiegherebbe - se esiste - la lettera che fu riprodotta dal Journal des Débats!"

Vi raccomando la bellezza di quel tardivo...: Se esiste!

Povero Reinach! Che cosa ti valse essere stato cliente di Crispi per tanti anni! Che cosa ti valse l'avergli liquidato onorari da principe! e conservato la clientela nel figlio? Ecco, appena morendo una tua riga lo disturba, il tuo difensore ti denunzia calunniatore e ladro, e sputa sulla tua tomba.

Ma ahimè! dopo insultato il morto, siccome intanto la sua lettera rimane, la povera Riforma si prova a confutarlo. Meno male! Vediamo la confutazione.

E sapete in che consiste? Nel puro e semplice telegramma di Crispi del 18 marzo alla Stefani che inventava la frottola degli onorari antichi!

E oggi; dopo altri due anni! la povera Riforma è rimasta ancora lì! e nel suo numero del 1° giugno corrente, per difendersi e smentirmi, ricorre da capo... al telegramma della Stefani... ma la lettera del 24 marzo, di Reinach a Crispi, che accompagnava le 50.000, meno male, adesso non è più una bugia! adesso non la si nega più! Al contrario, adesso è lei, la Riforma, che la invoca, per dimostrare che recando essa la data del 24 marzo... "è posteriore all'uscita di Crispi dal governo" e che in essa "non parlavasi di onorificenza per Herz", ma si diceva soltanto "Spero che vi metterete subito all'opera". (Riforma 1° giugno 1895). Quale opera, di grazia, Riforma cara? Se non hai altra difesa, povera Riforma, la tua causa è perduta!

Che la lettera Reinach del 24 marzo accompagnante le 50.000 (e son teco d'accordo, o povera Riforma!, che era posteriore di due mesi e mezzo all'uscita di Crispi dal governo - ma in ciò sta il brutto, come avanti vedrai) - che la lettera Reinach concernesse, come l'altre del piego, il signor Herz, ergo il suo cordone, - e niente altro che lui, e niente altro che questo non solo s'è visto dal prospetto di pugno del Reinach, perché lettera e cifra stanno unite insieme: ma sappiamo dal relatore della Commissione parlamentare francese d'inchiesta sul Panama, che assistette alla lettura dei documenti, e alla Commissione ne riferì: vale a dire, dall'onorevole deputato Dupuy-Dutemps, oggi ministro dei lavori pubblici di Francia. È evidente che il relatore, avendo tetto le lettere Reinach-Crispi del piego, poté ben farsi un'idea chiara ed esatta di quello che esse riguardavano.

Il deputato, ora ministro, Dupuy-Dutemps? sento chiedermi.

Eh già, proprio lui! Non lo dicevo nella lettera dello scorso dicembre, che era doloroso e mortificante che in mano di membri di un governo straniero stessero elementi di giudizio sull'onore del capo del Governo d'Italia?

Lo so bene, mia povera Riforma, che su questo che t'impensieriva, avevi da ultimo messo il cuore in quiete.

E, son pochi giorni, nel dirmi un sacco di vituperi, ti stropicciavi le mani annunziando tutta lieta (Riforma 7 corr.) che il deputato Millevoye aveva chiesto alla Presidenza della Camera francese un sunto od estratto del verbale d'inchiesta riguardante Reinach, ma che avendo la Camera deciso di non pubblicare l'inchiesta, la domanda non è stata accolta.

Ebbene, cara Riforma, Millevoye per me non s'è affatto incomodato: se però non ti dispiace, quel verbale io ce l'ho lo stesso. [...]

Messa al muro, come già vedemmo, dalla pubblicazione del Débats della lettera del 24 marzo, la povera Riforma, quando tentò non più di smentirla, ma di spiegarla, capì che la spiegazione andava poco; e si aiutò tirando fuori due lettere di Crispi a Reinach, una del 25 luglio 1890, l'altra del 4 maggio 1891, che messe lì insieme, a vederle, in chi nient'altro ne sappia, potrebbero fare un effettone. Nella prima infatti il Crispi, sollecitato da Reinach per il cordone mette avanti scrupoli e difficoltà, e mostra voler andare coi piè di piombo; nell'altra, di 10 mesi dopo, prega il Reinach di non più insistere, perché le informazioni sull'Herz non son più quelle di prima, e insomma dice di non seccarlo più. Se tutta la storia fosse lì, verrebbe voglia di dire: che ministro scrupoloso!

Ma questo si chiama cambiar le carte in mano, ed io devo castigare il baro. [...]

Dunque, ai 25 di luglio 1890, sollecitato per il cordone, Crispi, presidente del Consiglio e ministro degli esteri, rispondeva così:

Roma, 25 luglio 1890

Caro Reinach,

ho le vostre del 22 cadente. Io non so come procedano le cose costì. Ma noi, poveri monarchici, abbiamo norme che dobbiamo osservare.

Quando si propone una decorazione mauriziana, bisogna mandare al Gran Magistero una nota nella quale devono essere indicati i meriti del decorando, e i servizi prestati al paese. Per gli stranieri si supplisce con una lettera del ministro italiano residente nel paese in cui è il decorando.

Per la Corona, basta la proposta del ministro al re. Il ministro è giudice dei meriti.

Il vostro raccomandato ci renderà dei servizi, non ne dubito. Rimettiamo l'affare al tempo in cui i servizi saranno resi.

Vostro aff.mo F. CRISPI

E i fogli di Crispi, in coro, a portar questa lettera in trionfo!

Deh, in che luce diversa questa lettera appare, sol che le si aggiunga la storia vera!

Dunque io affermo subito che la lettera 25 luglio, dove il ministro Crispi per il gran cordone di Herz affaccia al suo amico Reinach tante difficoltà e fa le mostre che occorrano tanti requisiti, questa lettera, che pare così bella, diventa una lettera brutta e sporca e puzza lontano di artificio per coprirsi le spalle pensando il come le difficoltà poi scomparvero e il come i requisiti poi furono trovati!

Diventa brutta, se si pensa che il Ressmann, richiesto appunto in quella state di dare a Roma informazioni sull'Herz, garbatamente se ne schivò, perché fiutava che le si amavano buone, e sapeva i pasticci e i vincoli, tutt'altro che belli, d'interesse, che legavano l'Herz coll'ambasciatore titolare Menabrea.

Diventa sporca, se si pensa che questo riserbo significante del Ressmann avrebbe dovuto bastare a porre sull'avviso chi avesse voluto intendere: e che il domandare informazioni sopra l'Herz a Menabrea era, per un ministro degli esteri che si rispetta e per una persona delicata, la cosa più indelicata del mondo. Non occorre essere un grand'uomo di Stato né un ministro di prim'ordine - basta l'abbicì del mestiere - per sapere che in un ministro degli esteri non è ammessa, né lecita la ignoranza delle situazioni personali dei propri ambasciatori nelle sedi ove rappresentano, al cospetto dell'estero, l'onore della nazione. Ma oltre che il ministro non avea diritto di ignorarlo, (e meno fra tutti il Crispi già entrato in rapporto d'amicizia coll'Herz per la presentazione laudatoria fattane dallo stesso Menabrea alla sua signora, a Carlsbad, fin dal 12 agosto 1888) - era notorio che l'ambasciatore Menabrea pur troppo avea contratto vincoli stretti e disdicevoli di interesse coll'Herz, il quale avea preso il di lui figlio come impiegato presso di sé, a lire 1000 al mese, cioè a uno stipendio molto superiore ai suoi meriti, e aveva da lui stesso, Menabrea, quando questi ebbe bisogno di danaro, comperato per una somma elevatissima un villino presso Aix les Bains - villino che il Menabrea non avea più diritto di vendere (e siccome si tratta di una causa niente bella che fece chiasso e si trascinò pei tribunali, e che non entra nel mio tema, passo oltre; solo informerò il signor Crispi che precisamente in quel villino Cornelio Herz si è vantato di essersi trovato più di una volta con lui).

E i vincoli che tenevano il Menabrea alla stretta dipendenza dell'Herz erano tali che questi s'era già valso di lui per ottenere un'onorificenza nella legion d'onore!

Rivolgersi al Menabrea in condizioni simili per chiedere - a lui! - le notizie sul decorando e sui meriti, era non solo, lo si vede, una brutta commedia e una solenne sconvenienza, ma era un mettere senza scrupolo il Menabrea nel più penoso conflitto di coscienza tra gli obblighi del suo ufficio e i suoi obblighi personali di gratitudine! Ah, come qui si sentono i metodi della casa!

Eppure qui io debbo dire una parola in difesa del Menabrea - e a me, deputato, il pronunciarla è dovere - perché il cinico crudele aggrapparsi delle difese crispine al Menabrea stava per costringere me a chiedere in pubblico severo conto della condotta di quest'ultimo.

È vero! il Menabrea vecchio soldato, devoto al re e al suo paese, benemerito per servigi antichi, illustre nell'armi e nella scienza, fu a Parigi sopraffatto pur egli dal contagio che semina tante rovine morali, ed ebbe la disgrazia di mettersi in urto coi rigidi doveri della sua posizione e del suo nome. Venuti a galla gli scandali del Panama e il nome dell'Herz, il Menabrea, cavaliere dell'Annunziata, il capo d'anno '93 non comparve ai ricevimenti in Quirinale.

Ma nella sua anima di soldato, la lotta, a cui disgrazie domestiche contribuirono, dovette essere dolorosa: e messo alle strette da Crispi a dover riferire su di Herz, davanti alla indelicata richiesta - non poté dimenticarsi interamente di essere soldato, gentiluomo ed ambasciatore italiano. Cercò di conciliare meglio che poté la gratitudine... colla coscienza: fece nel suo rapporto l'elogio dei pretesi meriti dell'Herz come scienziato - (ed è la parte del rapporto invocata da Crispi a propria scusa) - ma poi lo vinse lo scrupolo e fece le riserve sull'uomo.

Ed è la parte di Crispi messa in tacere!

Dopo gli elogi, faceva intendere nel suo rapporto il Menebrea ad un dipresso, che siccome, non di meno trattavasi di un uomo, la cui posizione e la cui vita erano tanto enigmatiche, da vederlo un giorno vendere i mobili per vivere o per pagare debiti plateali, un altro giorno tutto d'un tratto maneggiar milioni, non osava pronunciarsi per una così alta onorificenza italiana!

Questo faceva intendere nel suo rapporto il Menabrea - e non aggiungo commenti - perché ogni commento guasta.

Oserebbe il signor Crispi di negarlo?

La mia risposta è semplice: fuori il rapporto Menabrea!

Io sfido il signor Crispi a produrlo, il rapporto Menabrea! - egli non deve avere, per Dio, difficoltà a produrlo - egli che in febbraio 1891, lasciando la Consulta, se l'era prudentemente asportato - e, non più ministro, in quel marzo '91 e ancora due anni dopo, lo conservava amorosamente nel suo cassetto (a proposito di sottrazione di documenti d'ufficio!!!) per darne da leggere i brani che gli accomodavano, a chi veniva per altissimo ordine a reclamargli la restituzione della copia del decreto; per darli da leggere due anni appresso, quando in marzo '93 il brutto affare venne scoperto, ai giornalisti di cui invocava le difese!

Lo sfido, ripeto, il signor Crispi, a produrlo quel rapporto Menabrea, a darlo da leggere intero, - non come lo ha mostrato al giornalista Mantegazza - e se non vuol darlo da leggere a me, a darlo ai primi cinque gentiluomini che gli indicherò!

E a chi darà egli ad intendere che in quel momento in cui l'Italia Reale aveva stritolato le sue bugie, lo aveva stritolato sotto i documenti, al punto da costringere la Tribuna a dichiarare ormai necessario un processo per far luce - in quel momento in cui era ridotto per ultimo scampo a metter fuori le due misere lettere sue del 25 luglio e del 4 maggio, (che appunto perché sue provavan nulla), egli avrebbe rinunziato a metter fuori il rapporto Menabrea, il solo che poteva sembrare giustificarlo! il solo che in quel momento sarebbe bastato per tutti! A chi darà egli ad intendere ch'ei abbia fatto per abnegazione patriottica! e che solo per questo se la cavasse mostrandolo - e sol nella parte che tornavagli - a un giornalista, di soppiatto, perché in pubblico gli facesse da compare e attestasse d'averlo coi proprii occhi veduto!

Dunque - fuori il rapporto! ma siccome in verità io vi predico che il signor Crispi da questo orecchio non ci sente - voi avete capito senz'altro che io parlo colla sicurezza precisa di quello che dico; ed è una vera disgrazia per il signor Crispi che il rapporto contenga quella schiacciante riserva - la quale bastava da sola a rendere la decorazione impossibile.

E quindi è solo ad abbondanza che dalla lettera del 1° maggio scorso contenente le dichiarazioni di un eminente ed informatissimo uomo politico francese - il quale fu avvocato di Herz nella sua lunga causa con Rothschild e nelle sue vertenze con Reinach, riproduco quest'altro passo testuale:

"Herz, per causa della decorazione, si guastò in seguito con Menabrea, avendo appreso che egli – richiesto da Roma di informazioni - aveva mandato una relazione contenente riserve".

Le riserve da Crispi soppresse! Ma seguitemi, che il bello, ossia il brutto, viene poi.

La riserva del rapporto Menabrea era tanto eloquente che per tutta quella state del '90, e per tutto il resto di quell'anno, la domanda di decorazione fu messa da parte, a dormire!

Ma il povero Reinach aveva il vampiro Herz alle costole, aveva bisogno di ottenergli la decorazione per placarlo, ed eccolo, ai 19 gennaio '91, rivolgersi al suo amministratore in Roma, perché a qualunque costo gli si ottenga il cordone. E il suo carteggio con Crispi per l'affare ricomincia.

Vien voglia di esclamare: quel Reinach! che faccia di bronzo! Aver il coraggio di rivolgersi per un favore di quella fatta ad un uomo da lui trattato con tanta disinvoltura, e che da ben quattro anni aspettava ancora (a sentir Crispi!) gli onorari arretrati dovutigli! e onorari di cinquantamila lire!

Ora sì ch'era il momento di vendicarsi di un debitore così moroso! e tirar fuori quella tal riserva prudente del rapporto Menabrea!

Ma il signor Crispi era in vena di perdonare; ai suoi onorari neanche ci pensava, e la pratica di Reinach lo trova d'una amabilità, di una arrendevolezza affatto meravigliose, strabilianti nell'uomo che ai 25 luglio dell'anno prima aveva bisogno di tante informazioni! Le informazioni - non occorre dirlo, erano e restavano ancora quelle - sempre quelle del rapporto Menabrea. Quello stesso rapporto che aveva fatto mettere la pratica a dormire! E nessun'altra di nuova? Nessun'altra! Tanto vero che per giustificarsi, dopo, a cose scoperte, tirò fuori, sempre dal suo cassetto di studio di via Gregoriana, quel rapporto unico e solo!

Sgraziatamente, quando meno il pensava, vale a dire, quando appena la pratica era ripresa, le sante memorie piombavano su lui e lo rovesciavano dal potere.

Rassegnate le dimissioni, Crispi stette provvisoriamente in carica a tutto l'8 gennaio, per il solito mantenimento dell'ordine e per il disbrigo degli affari ordinari urgenti. Il 9 febbraio Di Rudinì assunse l'ufficio.

Due giorni innanzi, il 7 mattina, ebbe, come ministro provvisorio, l'ultima udienza reale, per la firma degli ultimi decreti.

Proprio in quell'ultima udienza perché l'ultimo atto del grande Ministero fosse degno di tutta la sua vita - proprio fra gli ultimi decreti il Crispi presentava alla firma reale la onorificenza del gran Cordone di San Maurizio e Lazzaro d'Italia per Cornelio Herz!

Poteva la Corona in quel momento rifiutarvisi, qualunque fossero le riluttanze istintive? No.

Non si poteva, per un sentimento di cordialità e cortesia ben naturale, dir no in una udienza di congedo ad un primo ministro che affacciava le ragioni del rapporto Menabrea, meno quell'unica taciuta, e che presentava il decreto come un servizio al paese! - l'ultimo, dopo tanti, ch'egli, pur nell'andarsene, rendeva alla patria ingrata; e il servizio consisteva in ciò: che quella onorificenza altissima era desiderata, domandata da Freycinet, allora presidente del Consiglio dei ministri di Francia, e che quindi era una cortesia personale al capo del governo francese, la quale poteva contribuire a migliorare in un momento difficile i nostri rapporti colla Francia e diminuire per noi i danni della tensione fra i due paesi!

E questa ragione - diciamolo subito - questa bugia con cui si vinsero gli ultimi scrupoli e le esitanze della Corona - che cioè la decorazione era un servizio al paese, perché desiderata e richiesta da Freycinet - fu poi risfoderata, ma in forma umoristicamente più timida, dal Crispi stesso nella Riforma, nella ultima miserevole risposta in ritirata, davanti agli attacchi dell'Italia Rea/e!

State a sentire: (Riforma 29 marzo 1893).

A nessuno può destar meraviglia il fatto che un ministro italiano, accusato come era l'on. Crispi di francofobia, non si rifiutasse recisamente e immediatamente di accordare una onorificenza ad un uomo che notoriamente era in intimi rapporti coi governanti e gli altri principali uomini politici francesi, che dallo stesso governo francese era stato insignito di un'alta onorificenza nella Legion d'onore: e quando avea motivo di ritenere che, acconsentendo, avrebbe fatto cosa gradita a quei governanti.

Avea motivo di ritenere! non potea rifiutarsi recisamente! quanta modestia improvvisa di frasi!

Ma no, on. Crispi! voi avete fatto assai di più che non rifiutarvi recisamente! Avete preso la cosa tanto a petto, che questa volta non badaste più ai requisiti che ci volevano, questa volta vi tornò buono il vecchio rapporto del Menabrea e del "motivo a ritenere" avete fatto di punto in bianco un desiderio di Freycinet, e per contentarlo - proprio voi, che nella lettera 25 luglio affacciavate tanti ostacoli - avete pensato bene di saltar via degli ostacoli il più grosso, presentando il decreto di onorificenza alla firma, a insaputa o meglio di nascosto del Consiglio dell'Ordine, il cui previo avviso è prescritto per questi decreti: ma al Consiglio dell'Ordine si sarebbe dovuto presentare la domanda di Freycinet, si sarebbe dovuto presentare, non monco, il rapporto di Menabrea. Evidentemente era più spiccio cogliere di sorpresa la Corona!

E per fare tutto questo, per conferire ad un affarista straniero di quella risma una altissima onorificenza italiana, rifiutata a senatori, a generali italiani, per far senza persino del Consiglio dell'Ordine, per sorprendere la buona fede del re, si sceglie di straforo l'ultima udienza di congedo, approfittando, diciamo la parola "abusando" dell'ufficio provvisoriamente tenuto pel mantenimento dell'ordine e pel disbrigo degli affari ordinari!

Altro che gli scrupoli della lettera 25 luglio '90! Meno male che di questo, quando in ombra lo accennai, persino l'Opinione si scandalizzò!

Ma andiamo avanti che il bello, ossia il brutto, viene poi.

Le bugie, dice il proverbio, hanno le gambe corte. E siccome si dava la combinazione che il Ressmann (povero Ressmann, l'hai pagata cara!) quei giorni si trovasse in Roma, la bugia naturalmente fu subito scoperta.

Poiché il Ressmann, per desiderio della Corona interrogato, udito appena del decreto firmato, da uomo onesto, non nascose il suo stupore, sia per la cattiva fama di cui l'Herz risultavagli circondato, sia per la assoluta sua incredulità riguardo alla storiella spacciata dal Crispi alla Corona, che si trattasse di un desiderio di Freycinet.

Appunto in questa circostanza il Ressmann rammentò che, non per niente, l'anno prima, sapendo i rapporti di Herz col suo principale Menabrea, si era schivato dal rispondere ad una domanda di informazioni. Ad ogni modo - ad abbondanza di scrupoli - promise che a Parigi, ove subito tornava, avrebbe appurato il fatto di Freycinet. (Il Ressmann è vivo: è gentiluomo. Mi smentisca se io mento). Frattanto queste prime gravissime impressioni del Ressmann, non potevano non far grave senso in chi avea consentito la firma sulla fede del motivo addottogli e per alta cortesia verso un ministro dimissionario.

Qualunque sia il giudizio sulle decorazioni, non può piacere a nessun capo di Stato il sapere che una delle più alte onorificenze a cui si legano, oltre i confini, il nome nazionale e il prestigio del proprio paese, sia il frutto di un inganno e fregi il petto di uno straniero di mala fama.

Fu altissimo desiderio che, ad ogni buon fine e in attesa delle informazioni ulteriori che sarebbero giunte da Parigi, venisse per intanto tenuta in sospeso la registrazione del decreto, non che il rilascio della copia all'interessato.

È notorio difatti che per tutte queste pratiche burocratiche non occorrono ordinariamente mai meno di una quindicina di giorni e anche più.

Ma era destino che si andasse di sorpresa in sorpresa. La persona incaricata di eseguir l'alto ordine, va da Domenico Berti e trova, con suo stupore... che, per sospendere, è troppo tardi.

Che cosa era avvenuto?

Una cosa semplicissima: quella mattina stessa del 7 febbraio, appena uscito dalla udienza di congedo reale, colla stessa carrozza che già attendevalo, senza perdere un minuto, Francesco Crispi era andato dritto dritto dal Quirinale al Magistero degli Ordini, era piombato come una saetta, povero Berti, e, messogli il decreto firmato sotto il naso, ne aveva reclamata la registrazione immediata e il rilascio della copia in giornata. Tutto ciò per una nomina tenuta nascosta al Consiglio dell'Ordine, ottenuta con una bugia e in base ad un rapporto bugiardamente mutilato.

Altro che gli scrupoli meticolosi e lo andare col piè di piombo della lettera del 25 luglio!

Il Berti ebbe un bel protestare che non era possibile, che ci volevano al solito una quindicina di giorni, che, anche a far prestissimo, parecchi dì abbisognavano: Francesco Crispi non intendeva ragioni. Voleva ad ogni costo in giornata registrazione e copia per l'interessato, e Domenico Berti chinò la testa promettendogli che in giornata l'avrebbe. E così fu.

E qui, ad illustrare la buona fede del signor Crispi, ritorna edificante il confronto fra la prima audace smentita della Riforma e quella di poi, quando le lettere dell'Italia Reale l'obbligarono a ringoiarsela.

Al 23 marzo 1893 la Riforma stampava esser tutta una vile menzogna ed "essere fatto notorio ed accertato che fu l'on. Crispi stesso a non dar corso (!) alla decorazione di Herz".

Al 29 marzo, sei giorni dopo, messa al muro, confessava pudicamente: "Fece l'on. Crispi, negli ultimi giorni del suo ministero, firmare il decreto, la cui copia gli fu trasmessa il 6 febbraio".

Oh pudica Riforma! Ti vergogni tanto di dir chiaro che tutto avvenne, decreto e consegna, in un giorno solo e medesimo, tanta era la furia di tuo zio! e che la copia "che gli fu trasmessa" fu il Crispi in persona a pretenderla, appena avuta la firma in tasca e che quel dì 7 il suo ministero (!) era caduto da sette giorni!

Non restò che aver pazienza ed attendere le informazioni di Ressmann da Parigi, sperando che almeno confermassero trattarsi di un favore a Freycinet.

Le informazioni arrivano... e sono desolanti. Ressmann non solo conferma i pessimi ragguagli sull'Herz, ma avverte che, recatosi dal presidente del Consiglio Freycinet, per domandargli se era vero che il gran cordone per l'Herz era stato desiderato e chiesto secondo che Crispi avea detto al re, al sentir questo "scattò" addirittura, protestò con apostrofi vivacissime contro la menzogna e contro l'abuso del nome suo ed ebbe duri epiteti per l'Herz, dicendo che era stanco di sentirsi nominare quel mal'arnese, chiamandosi già anche troppo arrabbiato perché si fosse dovuta conferire all'Herz - per far piacere al Menabrea - una onorificenza francese.

Insomma non c'era più dubbio; il re dal Crispi era proprio stato ingannato. Altro che protestargli devozione a chiacchiere!

Apro una parentesi. Il fatto di un decreto estorto a questo modo mi sembrò così grave, che, oltre l'accertarmene in Roma, ho voluto accertarmene a Parigi. E la conferma avuta su questo punto chiarirà anche per il resto, la precisione con cui scrivo.

Pregai dunque l'amico Eandi a Parigi che si rivolgesse a voce, o meglio, per iscritto, al senatore Feycinet con una domanda precisa, onde averne precisa risposta per sì o per no.

La domanda, fatta per iscritto, fu concepita in questi termini:

Parigi, 7-5-'95

Signor senatore,

dal mio amico Felice Cavallotti, il deputato dell'Estrema Sinistra, ricevo l'incarico di domandarvi qualche schiarimento intorno al decreto che conferiva a CornelioHerz il gran cordone dei Ss. Maurizio e Lazzaro.

Si assicura che il ministro Crispi disse al re, che sottoscrivendo quel decreto, avrebbe fatto cosa grata a voi; e che richiesto dal nostro ambasciatore Ressmann dichiaraste falso quanto a voi si riferiva.

F. Cavallotti non desidera che la conferma o no della vostra smentita; vi sarei grato se voleste darmi cinque minuti in proposito.

Gradite signor senatore ecc.

G. EANDI

Risposta scritta di Freycinet:

Paris, 8 mai 1895

Je m'empresse de repondre a votre lettre d'hier.

Je ne possède pas de renseignements sur la question qui vous occupe et je ne puis que confirmer pleinement la déclaration de votre ambassadeur.

Agréez, monsieur, l'expression de ma consideration très distinguée

C. DE FREYCINET

M.r Giovanni Eandi

Délégué de l'Association Syndacale de la Presse étrangère.

Non commento e tiro avanti.

Arrivata la informazione da Parigi, il re non esitò un solo minuto. Un provvedimento, e subito, s'imponeva.

Bella novità sento dirmi. Questo non fu merito delta Corona! questo fu tutto merito di Crispi! Lo ha fatto stampar lui nella Riforma a più riprese (Riforma 23 marzo, 25 marzo, 29 marzo '93), e a lettere di scatola, che questo si deve a lui solo! Che fu lui e nessun altri a lacerare il decreto con le sue mani appena vennero informazioni diverse.

Ancora adesso, nel darmi del mentitore e di tutti i titoli, ha stampato da capo nella sua Riforma (10 giugno '95, n. 148) "che l'on. Crispi lasciò il potere il 9 febbraio dopo avere spontaneamente deciso di sospendere l'effetto del decreto per l'onorificienza, mentre avrebbe potuto liberamente dargli corso (quanta bontà!): e quindi l'assurdo della calunnia del signor Cavallotti è evidente".

Altro che evidente! Avendolo sospeso, il decreto, - come essa dice - prima del 9 ed essendo stato firmato il 7 - il Crispi non attese neanche il tempo per scrivere a Parigi! - non ha fatto che farlo firmare, prenderlo dalle mani del re e stracciarlo!!! Un gusto come un altro. Ma che si vuole di più? C'è là, stampata la lettera del signor Crispi del 4 maggio 1891, dove prega il Reinach di non più insistere, perché è venuto un rapporto contrario! È vero che la lettera è del 4 maggio, ossia di nientemeno che tre mesi dopo; ma la risoluzione, non c'è ombra di dubbio, Crispi l'ha presa prima del 9 febbraio. Lo dice lui e tanto basta.

Vediamo dunque in che modo il signor Crispi, appena avute le informazioni diverse, si affrettava a lacerare il decreto.

Giunto che fu il rapporto sfavorevole del Ressmann, capitava il dì appresso a Domenico Berti la visita del commendatore Rattazzi, ministro della Real Casa (possiam fargli il nome, perché già fu detto dall'on. Di Rudinì davanti ai Sette, e al Di Rudinì, come vedremo, il Rattazzi, per debito d'ufficio, dové narrare ogni cosa); e, d'incarico del re, significava al Berti le notizie arrivate da

Ressmann, e la necessità che egli si recasse dal Crispi, per fargli restituire il diploma. Il Berti, all'annuncio, per poco non isviene dalla emozione. Dice che ormai è cosa fatta, che non v'era più rimedio, che il tornarci sopra poteva esser peggio, e che ad ogni modo lui non sentivasi di andar ad affrontare il Crispi: insomma, scongiura di dispensarnelo.

Ribadendogli l'on. Rattazzi trattarsi di un desiderio del re, l'on. Berti rispose che si riserbava di parlarne a S.M. egli medesimo. Visto che non ci era nulla a cavarne, il comm. Rattazzi riferiva l'esito della gita e riceveva l'incarico di andare dal Crispi direttamente lui.

Trattandosi però di un atto politico, prima di andarci, il comm. Rattazzi, per doverosa correttezza, si recava dal presidente del Consiglio in carica, l'on. Di Rudinì, ad esporgli il desiderio dì S.M. e sentirne l'avviso. Eravamo alla seconda metà del febbraio.

Ora lascio la parola all'on. Di Rudinì il quale davanti al Comitato dei Sette naturalmente fece un semplice riassunto.

"A domanda. R.: Quando io andai al ministero, seppi dal Rattazzi che, per proposta dell'on. Crispi, S.M. aveva concesso una onorificenza, il gran cordone Mauriziano, e che S.M. desiderava revocare il decreto. Risposi che a mio modo di sentire, S.M. aveva ragione di opporsi."

E fermiamoci per ora qui. Ripiglieremo l'interrogatorio più avanti.

Avuto questo assenso dall'on. Di Rudinì, l'on. Rattazzi prendeva il suo coraggio a due mani e si recava in via Gregoriana ad affrontare la tempesta.

Ahimè! ci siamo.

Senza molti preamboli l'on. Rattazzi annunzia, all'onorevole Crispi, che veniva per incarico e desiderio del re a pregarlo di restituire il diploma, ritirato da lui, essendo giunte da Parigi sull'Herz informazioni pessime e per di più essendo giunta a cognizione di S.M. che la ragione politica addotta per l'onorificienza non sussisteva, da che il presidente del Consiglio Freycinet, interrogato s'ei l'avesse desiderata o chiesta, aveva recisamente smentita la cosa.

Crispi scatta furiosamente esclamando: "È impossibile! Non è vero!". L'altro gli osserva cortesemente e con flemma che il negare non serve, che la smentita proviene direttamente da Parigi, dal Ressmann, raccolta dalla bocca stessa del Freycinet, (ah, povero Ressmann, l'hai pagata cara!) e che le notizie intorno all'Herz sono proprio cattivissime.

Crispi, confuso, protesta ch'egli ne avea avuto di eccellenti dall'ambasciatore Menabrea (quelle tali del rapporto famoso dell'anno addietro, in seguito al quale la pratica si era dovuta metter la prima volta a dormire!) e che riserbavasi di fargliele vedere per convincere lui ed il re.

Insomma per quel giorno non ci fu verso di cavarne nulla. Altro che stracciare il decreto appena giunte le informazioni nuove! Il Rattazzi si reca ad informare della resistenza energica trovata, tanto il re che il Di Rudinì, colla cui piena intesa, ritorna infatti, di lì a qualche giorno, dal Crispi, e lo trova più duro, più ricalcitrante che mai. A un certo punto il Crispi tira fuori finalmente da un cassetto del suo scrittoio, a destra, il famoso rapporto Menabrea (ah Giolitti, Giolitti sottrattore di documenti!) dove eran segnati dei brani, e ne legge col Rattazzi quelli che a lui Crispi facevan comodo nei quali infatti si parlava dei meriti scientifici dell'Herz e della sua campagna del 1870; ma nella lettura scappa fuori, e l'altro afferra naturalmente, anche il brano dove il Menabrea, per discarico di coscienza, accennava al genere di vita equivoco dell'Herz, e sconsigliava l'altissima decorazione! Il Crispi, confuso e colto in fallo, si rimangia una parte delle sue parole, si degna convenire che il rapporto Menabrea non è tutto favorevole (figurarsi poi che cosa sarebbe stato, se Menabrea nel mentre lo dettava non fosse stato debitore dell'Herz!) ma, aggiunge, che infine qualche cosa di favorevole ci si trova (sfido io!) e promette di mandargli le informazioni trascritte, perché anche S.M. si persuada.

Insomma di fargli restituire il diploma neanche quella seconda volta non vi fu verso! Altro che stracciar il decreto non appena giunte le informazioni contrarie! Arrivano di fatti, il di appresso, al Rattazzi i famosi estratti delle informazioni del rapporto. Inutile il dire che le cattive erano state omesse! Altra visita inutile; altra resistenza del Crispi che piglia tempo qualche giorno ancora. Ma qui dobbiamo far pausa un istante, e aprire una parentesi, perché qui si intercala un curioso intermezzo che, da quanto narrai, riceve finalmente la spiegazione.

Evidentemente le cose pel Crispi si imbrogliavano. Le insistenze del Rattazzi, nel compimento del suo dovere, mettevano il Crispi colle spalle al muro. Quel caro Reinach, per amor del quale si era così compromesso, lo aveva posto in un gran brutto impiccio: chi sa (voi direte) in cuor suo quante imprecazioni doveva mandargli! Ohibò! Proprio in quei giorni che il Rattazzi lo tormentava, era venuta a Crispi la felice ispirazione di telegrafare al Reinach a Parigi, di venire ad intendersi a viva voce.

È telegramma, del resto non più negato, che l' Y. della Italia Reale ebbe nelle proprie mani.

E il risultato di questa chiamata improvvisa nei giorni che il Crispi era, per colpa del Reinach, assediato e messo dal Rattazzi alle strette, è la improvvisa commovente risoluzione del Crispi di ritornare avvocato di quel Reinach al quale doveva tanti guai, e che, a suo dire, non gli aveva neanche pagato ancora gli onorarj di quattro anni (!) indietro.

Ah! quella chiamata frettolosa del Reinach a Roma e quella cara lettera di comodo, proprio del 17 febbraio (nei giorni delle visite Rattazzi!) tirata fuori dalla Riforma! "Caro Jacques, poiché lo volete, tenetemi per vostro avvocato!".

E quella improvvisa liquidazione di arretrati, proprio in quei giorni, che intermezzo comico e faceto! Farei torto ai lettori, che hanno già capito, se mi perdessi ad illustrarlo.

Ripigliamo il filo del racconto, che è meglio.

Dopo l'ultima inutile visita, capita al comm. Rattazzi uno dei soliti bigliettini nervosi del Crispi che gli dice di ripassare da lui.

- Meno male, avrà pensato il Rattazzi, finalmente si è persuaso!

Va e trova il Crispi, rasserenato, che gli dice: "C'è del nuovo!".

Il nuovo era questo: l'on. Crispi tirò fuori dal cassetto un bel vaglia di 60.000 lire, col quale, disse lui, visto che i titoli dell'Herz non persuadevano, si poteva aggiustar tutto (!) mediante elargizione di beneficenza dell'Herz al Magistero dell'Ordine!

Tableau! E siccome la scena il Rattazzi l'ha dovuta per forza, per dover suo, raccontare subito allora al ministro Di Rudinì come vedremo - possiamo provarci a raccontarla quasi fotograficamente, anche noi.

Il Crispi e il Rattazzi stavano seduti. Alla strana, inattesa, esibizione il Rattazzi si alzò da sedere e con un gesto della mano repulsivo, significantissimo, disse al Crispi:

"Ah no, la prego! Per carità non tiri fuori di quella roba. A prendere del denaro di Francia per una decorazione italiana, che direbbero i francesi di noi?".

E Crispi: "È una lezione che lei mi vuol dare?" (testuale).

Rattazzi: "Non è una lezione. Le dico che il decoro del re, del Governo italiano, del Paese ne va di mezzo e la invito, ancora un'ultima volta, in nome del re, che lo vuole, a restituirmi il diploma".

Crispi: "No: questo no. Né oggi, né mai".

Rattazzi comprese che era tempo perso: troncò il colloquio e andò a render conto al ministro Di Rudinì della scenata.

Rudinì comprese che bisognava finirla: appoggiò la decisione del re e S.M. il re dispose che il decreto non avesse corso.

Ora, a maggiore conferma del racconto, possiamo qui ripigliare il resto dell'interrogatorio Di Rudinì, davanti il Comitato dei Sette.

Interrogatorio Di Rudinì.

"Tornò Rattazzi e mi disse che Crispi insisteva dicendo che Herz avrebbe elargito L.60.000 all'Ospedale Mauriziano, e che S.M. resisteva. Risposi che S.M. aveva, per me, ragione di resistere e seppi poi che S.M. aveva ritirato il decreto. Del resto io non conoscevo l'Herz e la ragione della mia opposizione si deve alla mia costante ripugnanza a conferire onorificenze a stranieri, specie quando vi sia di mezzo come forma di corrispettivo il denaro...

Infine tutto il merito della non conferita onorificenza all'Herz si deve al re."

E in quest'affare non ci è che dire, la correttezza del Re fu appena uguale alla sua pazienza! Così, e in questo modo, Crispi, informato delle notizie sfavorevoli sull'Herz, "aveva lacerato il decreto"!

Ma domando io: se la resistenza del signor Crispi fosse stata onesta e lecita, perché negarla così spudoratamente?

E, colto in flagrante colla sua menzogna, che bisogno di altro per giudicar le restanti? A che serve tentare ancora negar le lettere dell'Italia Reale chiamate al primo giorno tutte false, dopo che per propria difesa vi siete ridotti ad ammetterne e confessarne parecchie?

O non dirle tutte false prima, o confessarle tutte vere poi.

Dove siano d'altronde andate a finire le 60.000 lire mostrate da Crispi al comm. Rattazzi è un quesito che l'Opinione ha voluto porre a sé medesima. Io non lo pongo, poiché mi occupo solo delle cose che so e che mi risultano certe e provate.

Perciò, qualunque sia stata la fine delle 60.000 lire che erano quel dì già in mano al Crispi, (rispettiamo l'impenetrabile segreto e ammettiamo che Crispi abbia aperto la finestra e fattele volar via) io mi occupo di quell'altre 50.000, posteriori, su cui di dubbio non ce ne resta più. E, se un'ombra ne restasse, basterebbe a dissiparla il sentire l'onesto accusato, scoperto bugiardo a quel modo, in tutte le difese sue, dalla prima all'ultima, l'onesto dilettante di testimonianze false e di falsi, ricorrere all'ultima ratio e gridare: "Mostratemi il foglio dove io l'abbia confessato!".

No, no, onesto accusato: questo nei casi tuoi, non si usa. Questo nessun pratico lo fa, bisognerebbe essere un imbecille. Quando si fanno le ricevute in questi casi, si fanno in forma prudenziale, come la tua:

"Ricevo la fav. v. col noto documento. Mi metto subito all'opera e riusciremo presto".

Ma è appunto per questo che si ricorre in questi casi ad altre prove! E tu hai già confessato anche troppo il 18 marzo 1893, quando all'annunzio della scoperta delle 50.000 pagateti, invece di scattar furibondo, hai balbettato nel dispaccio della Stefani che erano pagamento d'onorari vecchi: fu incauto confessare il pagamento, mentre del titolo che ne hai addotto ti è mancata la prova! Io, invece, ho dovuto e potuto provarti colla testimonianza precisa del relatore della inchiesta, colla testimonianza solenne del suicida in persona, colla lettera Reinach 24 marzo - ammessa dalla Riforma tardivamente e per forza - che il titolo era un altro: che le cinquantamila lire furono date per il cordone di Herz - e per niente altro.

È prova piena sì o no?

Dopo scoperte le tue bugie e dopo letti i tuoi precedenti, basterebbe ad un magistrato la decima parte di quella prova!

Ma la prova esubera, perché il signor Crispi e la Riforma si incaricavano di completarla.

Io non so immaginare - dopo quello che siamo venuti scoprendo - documenti più gravi per il Crispi di quella lettera Reinach del 30 aprile 1891 e di quella lettera Crispi del 4 maggio successivo che la Riforma "disorientata" ha commesso la imprudenza di pubblicare.

Il 30 aprile (quasi un mese e mezzo dopo che il decreto era stato annullato dal re) Reinach scriveva a Crispi (Riforma 29 marzo 1893): "sono davvero molto infelice perché non mi fate questo piacere e favore". Lamento che concorda perfettamente con quello dell'altra sua lettera trovata nel piego: "Ho dato a Crispi cinquantamila lire per un affare che poi non ha fatto".

E - in data 4 maggio 1891 - finalmente il Crispi scrive candidamente a Reinach (Riforma, 29 marzo 1893) una lettera monumento ove dice:

Roma, 4 maggio 1891

Caro Jacques,

vi prego di non insistere più nella domanda per la saputa decorazione. Le ragioni per le quali era stata domandata son venute meno... Mancando la ragione politica ed i meriti del decorando, prudenza esige non se ne parli più. Del resto fate che il vostro amico renda qualche servizio all'Italia ed allora potrà meritarsi un premio al quale, al presente, parmi non possa aver diritto. Vostro aff.mo

CRISPI

65

Oh, delicatissimo uomo! Solamente ai 4 di maggio, due mesi dopo che il decreto era annullato, ti sei risoluto a far sapere al povero Reinach la verità? E non gli hai detto nulla né alla fine di febbraio, né ai primi di marzo, quando Rattazzi ti metteva alle strette e il Reinach per tua confessione - trovavasi qui in Roma chiamato da te?

E invece di sfogarti irritato con lui per la triste figura che ti aveva fatto fare, l'hai lasciato nella sua beata illusione, al punto che il 24 marzo (data ammessa da te, provata schiacciantemente dall'indice del morto) per abbreviare i ritardi, egli credesse necessario ungere ancora le ruote e ti

mandasse le 50.000 lire per spese di cancelleria, come è detto a chiare lettere nel verbale di Parigi?

E - dopo le informazioni sapute sull'Herz non te la senti venire neanche una amara parola - tu che tante contro i galantuomini ne trovi! e hai il coraggio ancora di esprimere in termini affettuosissimi al caro Jacques la speranza che un tipo di quel genere renda alla tua Italia servigi?

Non ai 4 di maggio, ma ai 4 di marzo la dovevi scrivere quella lettera, e una lettera in quei termini non la scrive che chi ha perduto il diritto di dire le sue ragioni.

Una lettera, come quella, poteva scriverla soltanto chi, avendo al Reinach il 5 marzo taciuto ogni cosa, nascostogli che il re rivoleva il diploma, lasciava partire il Reinach nella illusione, e accettava che egli mandasse due settimane ancora dopo - quando il decreto non era più! - 50.000 lire per le spese di cancelleria del medesimo!

Evvia: io non cerco nel codice come si chiamano di queste cose. - Mi limito a dire che c'è un Dio - non so se sia quello di Napoli; - ma un Dio certamente, che punisce i colpevoli e che ha suggerito al signor Crispi di stampare - credendo di difendersi - la lettera accusatrice del

65

24 maggio!

Poiché era ben chiaro che un dì o l'altro bisognava pur scriverla! Non vedendo mai venir nulla, il Reinach e l'Herz si sarebbero stancati, e il dì che dovette confessare, il signor Crispi, nei panni suoi, non poteva pigliarli che colle buone.

Anzi ancor più che colle buone! poiché, giunti qui al termine dell'istoria, possiamo rifarci al principio: a quella intervista del gennaio 1893 col redattore della Tribuna, dove Crispi lasciossi sfuggire essersi trovato a Ginevra con Herz all'Hotel de la Paix e aver pranzato insieme da buoni amici. E siccome è presto e facilmente accertato che l'incontro fu estivo, cioè posteriore alla lettera 4 maggio, non restami che ammirare questa affettuosa, incrollabile, insuperabile amicizia, resistita nel cuore dell'ex ministro ai disinganni sull'amico suo e alle pessime e perfide informazioni sul di lui conto mandate da quel tristo di Ressmann, che avean fatto lacerare il decreto, ma per tener testa alle quali l'amico devoto non aveva esitato a tener testa anche al re!

E avrei finito, se non m'accorgessi che ho dimenticato di far cenno di quel curioso documento apparso nella Relazione dei Cinque, e che il prefetto Winspeare di Milano fu ad un pelo di pagare ben caro.

Parlo del telegramma cifrato 26 marzo '93 con cui il prefetto trasmetteva a Giolitti, Presidente del Consiglio, la copia di un dispaccio di Weill-Schott a Crispi, di quel giorno, che diceva:

Luciano arrivato qui stanotte sarà Roma Hotel Europa lunedì mattina, mi assicura non poter nulla consegnare non avendo libera disposizione carte paterne.

Questo telegramma con quella data, che nella Relazione dei Cinque sembrò un rebus, non lo è più per il lettore che mi ha seguito fin qui.

Esso coincide col momento preciso in cui Crispi e la Riforma (che - alla brutta scoperta di Parigi - avean creduto di salvarsi col dispaccio della Stefani del 18 marzo e con lo smentire ogni cosa) si trovavano presi fra le proprie bugie e le rivelazioni schiaccianti dell'Italia reale.

E in quei dì il corrispondente dell'Italia Reale a Parigi, recatosi d'ordine del suo direttore alla palazzina Reinach, a parlare con Luciano Reinach, apprendeva precisamente dal famigliare medesimo dal quale aveva già avuto le copie delle lettere, che il Luciano era partito, chiamato a Roma in gran fretta e segreto da Palamenghi-Crispi. [...]

Luciano Reinach, chiamato a Roma di furia nell'ora che la Riforma si trovava a mal partito, telegrafava lungo il viaggio che non potrà consegnar nulla, non avendo più la libera disposizione delle cane paterne.

Infatti, eran già in mano del giudice!

E giunge, il Reinach, a Roma il lunedì 27, ricevuto alla stazione in gran segreto da due intimi segretari di Crispi, coi quali va difilato a chiudersi in una casa ai Prati di Castello; e il suo arrivo è tenuto segreto e nascosto come l'arrivo di un cospiratore o di un latitante, e con tanta gelosa cura che si ottiene di farne cancellare il nome persino dal registro dei forestieri!

Ma il suo arrivo produce un cambiamento a vista: e l'effetto immediato è... l'articolo della Riforma del dì successivo (28-29 marzo '93) dove muta interamente il piano di difesa, rinunzia alle smentite temerarie del 18, del 22, del 24, non parla più di lettere false o pretese e si degna d'ammettere l'esistenza... della lettera Reinach 24 marzo 1891!

TERZA PARTE

Del resto il delicatissimo uomo, cui parve delicato tanto l'opporsi alla inchiesta sulla Banca Romana, essendone debitore clandestino e domandandole due dì appresso altro sconto, quanto lo attestare il falso ad un giudice, ha torto di affastellare contro la luce del sole smentite inutili,

bugie, quando si scopre che si mandano cinquantamila lire per un gran cordone. Dopo tutto non è gran somma; egli è abituato a ben maggiori e - fatto ragguaglio dei tempi e della età e dell'altissimo grado dell'uomo, non esorbita le proporzioni del prezzo che - semplice giovane avvocato in Palermo - sotto il governo dei Borboni chiedeva per ottenimento, non di decorazioni, ma di impieghi.

Ne fa fede un vecchio istromento notarile del dicembre 1845 da tempo giuntomi nel suo autentico originale, rogato dal notaio Francesco Marchese al quale è annesso l'allegato seguente:

Palermo, dicembre 1845

Tengo in mio potere ducati trecento, denaro del cav. Giuseppe Vassallo Paleologo che mi obbligo pagarlo al sig. avvocato D. Francesco Crispi, qualora in fra mesi quattro dalla data del presente otterrà un posto di consigliere di Intendenza in una delle provincie del regno delle due Sicilie.

Scorso tal termine senza che il real decreto o real rescritto di elezione siasi emanato, i suddetti ducati trecento saranno da me restituiti al cennato sig. cav. Vassallo. Il cennato sig. avvocato Francesco Crispi resta obbligato di giustificare che nel termine anzidetto abbia avuto luogo la elezione a consiglier di Intendenza del signor cav. Vassallo e ciò non fatto nel termine stesso, io sottoscritto potrò restituire a quest'ultimo i ducati trecento.

Visto:GIUSEPPE VASSALLO PALEOLOGO

Segue istromento notarile 26 decembre 1845 atti Marchese di Palermo confermante la obbligazione suddetta relativa al deposito fatto di onze cento da parte del sig. Giuseppe Vassallo Paleologo, per pagarle al sig. avv. Francesco Crispi ove fra quattro mesi si verificasse la condizione in detto tengo in mio potere annunziata.

L'atto è in forma esecutiva e firmato autenticamente dal notaio.

Venuto a sentore di questo documento, quel tal amico di Crispi, retour de Londres (Comandini, n.d.r), mise subito avanti le mani e telegrafò per tutta Italia ai giornali della Casa, che la mia prova dell'affare di Herz non sarebbe stata altro che questo. Ma no, ottimo reduce, io non cito quell'aneddoto antico che a solo studio di fisiologia, perché è nella giovinezza dei grandi uomini che se ne giudicano le vocazioni.

A 24 anni, a 22 anni i fratelli Bandiera e Domenico Moro nel luglio 1844 avevano la vocazione di morir per l'Italia e farsi fucilare dai soldati del Borbone nel Vallone di Rovito. A 26 anni, nel dicembre 1845 - un anno e mezzo dopo - Francesco Crispi aveva quella di procurar impieghi del Borbone per denaro.

Un contratto lecitissimo, non c'è che dire; anzi il reduce di Londra e gli altri scribi della Casa assicurano che vi furono a Napoli "numerosi avvocati, giovani specialmente, che patrocinavano affari personali presso i dicasteri centrali governativi e tali patrocinatori chiamavansi appunto avvocati ministeriali: e l'avvocato Francesco Crispi era del numero", sicché era proprio una cosa bellissima; tanto vero che fu rogata da notaio.

Lo spionaggio ansioso, sporco, affannoso, esercitato in questi giorni dal servitorame di casa Crispi intorno a me - spinto fino al nauseante spettacolo di membri del governo postisi alle costole di intimi miei - se ha ben rivelato come sentasi di coscienza il padrone, che per non dar di sé conto, ai 15 dicembre scappava - meritava dopo tutto un castigo.

Che del resto il Crispi già ventiseienne all'epoca che i Bandiera e i Moro e tanti altri più giovani di lui per l'Italia eran già morti - non desto ancora agli entusiasmi italici, fosse perfettamente a posto suo nel delicato ufficio che esercitava allora - e che spiega tanta parte del Crispi di poi - cioè si fosse cattivate le simpatie vive e le buone grazie del Borbone - che era il requisito indispensabile per esercitarlo, questo neanche i suoi stessi biografi panegiristi lo negano. Ei se l'era cattivate colle sue prose borboniche del 1840 e 1841 nel giornale di Palermo l'Oreteo (dove eravate intanto voi pensatori e cospiratori e martiri della Giovane Italia?) in onore e gloria di Ferdinando di Borbone e della sua casa "a cui era data (sue parole) la gloria di rigenerare la Sicilia". [...]

Né io le ricorderei qui, se non avessi le orecchie stanche alla nausea dal sentir tutti i giorni gli scribi della Casa, ad ogni legittima censura degli atti del padrone, rispondere col ritornello che egli stava facendo l'Italia, mentre i censori non erano nati.

E fu in grazia di quelle prose che Francesco Crispi, da Palermo tramutandosi al foro di Napoli, ottenne la grazia specialissima – riservata solo ai ben pensanti - della dispensa dall'esame rigorosamente prescritto per la iscrizione regolare nel foro napoletano: grazia secondo quanto fu detto allora e poi, personalmente e direttamente chiesta al re: tanto che gli stessi biografi panegiristi non lo impugnano e il povero Leone Fortis nella biografia per commissione è ridotto a confessare, che anche "data od esclusa la domanda diretta e personale è certo che la concessione fatta al Crispi dovette avere il beneplacito del re, come è fuor di dubbio cheCrispi per l'esercizio della sua professione, ebbe a chiedere frequenti udienze del Borbone - il quale fu sempre con lui affabile e cortese e fece spesso ragione ai suoi reclami tanto che Crispi stesso riconosce di non avere a che lodarsi dei rapporti avuti con lui".

Ah, gli amici! Già per certi servigi non ci son che loro. Ma quando il povero Leone Fortis scriveva quelle linee di storia, non era ancor venuto fuori il rogito notarile di Palermo del 1845 - a rivelare in qual modo Francesco Crispi metteva a profitto le "frequenti udienze del Borbone per l'esercizio della sua professione".

E se io fossi stato presente a quella udienza in cui Francesco Crispi - ai deputati di Calabria, venuti, non è guari, a reclamare per la loro terra infelice contro il furto impudente dei soccorsi a lei dati dalla pubblica carità - rispondeva insolentendo e richiamando burbanzosamente i suoi vanti di cospiratore per la Calabria sotto i Borboni, ah, se io fossi stato presente, come lo avrei messo al posto, rifacendogliela io la sua storia vera da cospiratore!

Io, sì, gliela avrei detta quale fu la sua parte nella cospirazione calabra e messinese del 1847, dove fioccarono innumerevoli condanne feroci alla morte ed all'ergastolo e alle pene minori, ed egli non ebbe neppure torto un capello, neppure il più piccolo disturbo di una chiamata in polizia, a cui non isfuggivano anche i più lontanamente sospetti; - e la sua parte nella rivoluzione del gennaio 1848 a Palermo dove - sapendo che la insurrezione era fissata pel 12, lasciò La Masa da Napoli recarvisi solo e aspettò che La Masa e i Carini e Buscemi e Oddo e Paolo Paternostro e Jacona e Bivona e Grammonte e tutti gli altri eroi chiamassero il popolo in Fieravecchia alle armi e lo portassero alla battaglia e alla vittoria, per imbarcarsi allora da Napoli, sullo stesso piroscafo che portava il generale borbonico, recantesi a negoziare cogli insorti vittoriosi!

Io sì, se fossi stato coi deputati calabri, insolentiti nell'ora in che compivano un dovere, glie l'avrei ridotta alle proporzioni vere e modeste la sua parte in quei giorni, per la Sicilia gloriosi, che ebbero - meno male! - virtù di convertire alla nuova fede il postulante delle udienze borboniche: in quella insurrezione, di cui ebbe il coraggio di farsi, dai suoi scribi adulatori pagati, dipingere come l'anima e la mente, il capo (!)- mentre il general Filangeri, sottomettendo Palermo, non gli fece neanche l'onore di comprenderlo nei 43 gloriosi esclusi dalla piena generale amnistia!

E gli avrei ricordato i vanti non meno grottescamente bugiardi con cui della Impresa dei Mille, tentò sfrondare - nei pagati panegirici - la gloria al gran duce e appropriarsi il vanto di iniziatore, preparatore, organizzatore dell'impresa rivendicato da Garibaldi unicamente a Rosalino Pilo, a Nino Bixio, a Bertani! quale fu la sua parte vera nelle battaglie che non lo videro e di cui si fece spacciare persino il genio strategico!

Questo avrei detto io, l'umile, io l'ultimo dei fantaccini di Milazzo, al glorioso sostitutor di Garibaldi.

Ma è una storia che riserberò - documentandola - ad altro tempo, se occorrerà, perché mi accorgo che la nausea mi ha già tratto troppo lunga digressione. [...]

So benissimo che a Francesco Crispi, ai suoi tempi e a quelli d'ora, per accusare, nonché un uomo, tutto intero un partito, sarebbe bastata nemmen la centesima parte di quanto ho dovuto in queste pagine ricordare.

Oggi a lui basta un paio di documenti falsi da leggere alla Camera.

In altri tempi gli bastava anche meno: quando il 15 giugno 1867 vituperò nella Camera Bettino Ricasoli, accusandolo - egli! - d'aver rubato il danaro pubblico per pagar le elezioni e la stampa, e fu messo a dovere da Giuseppe Biancheri e da Nino Bixio che lo sferzò a sangue, Francesco Crispi invitato a produr prove, rispose che per gli uomini politici e per le assemblee politiche basta per prova "il convincimento morale"!

Quando più tardi nel 1868 volle accusare tutta la Destra di ladroneccio e di concussione, fece rubare, per danaro, nel cassetto di Paulo Fambri, segretario della Camera, dal noto Burei, le di lui carte, tra cui la lettera di suo cognato Brenna, che conteneva due parole sole, diversamente interpretabili a piacere "facciamo quattrini". E con quelle due sole parole mise l'incendio in Camera, denunciò la Destra alla pubblica vendetta, scatenò lotte tremende, si eresse Minosse inesorabile.

Io non ho i metodi di Francesco Crispi: non vado a rubare nei cassetti degli altri e non mando - e quando l'odio politico osò accusarmi di qualcosa di simile, feci ciò che fa un galantuomo - trascinai l'accusatore in tribunale - lo ammisi alle prove - gli abbandonai alla luce del sole la mia vita intera - lo feci, con due sentenze solenni, condannare.

Io non ho i metodi di Crispi - non rubo documenti - non li sottraggo agli archivii della Consulta - non credo che bastino, come a Crispi, due documenti falsi o due parole di una lettera privata per accusare chicchessia. Perciò, per accusarlo, ho voluto essere innanzi alla certezza e ad elementi di prova che lo farebbero condannare da qualunque giurì.

Per chiamarlo testimonio falso non c'è bisogno di ragionamenti: basta prendere il testo ufficiale del suo esame per confrontarlo col testo dei suoi biglietti.

Per chiamarlo concussore nei fatti bancarii non v'è bisogno di ragionamenti: basta leggere negli atti ufficiali il suo discorso del 20 dicembre e mettervi a riscontro i documenti del suo debito occulto alla Banca in quel dì e del debito nuovo di quattro giorni dopo.

Per chiamarlo concussore nel fatto Herz non v'è bisogno di ragionamenti: basta leggere la testimonianza del suicida nell'ora della morte: la lettera di Reinach riconosciuta, la confessione di Crispi e la storia schiacciante delle sue bugie - una dopo l'altra smascherate. Per un affare onesto, confessabile, non si inventano a nasconderlo tante menzogne!

E ho voluto nella prova abbondare: lasciando pel giudizio, a cui Crispi non può più sottrarsi, il rimanente. So bene che, se tutto questo è non solo bastante, ma esuberante pei galantuomini, non basterà mai per i disgraziati, che servono Crispì a stipendio (con pubblico furto) da quindicimila lire al mese in giù; non servirà per coloro cui lega a Crispi la triste non frangibile solidarietà dell'interesse e della colpa: non basterà, non può bastare per deplorati come lui, benché meno aggravati di lui, dei quali Francesco Crispi ha dovuto alle urne farsi paladino - combattendo a morte i loro giudici - e dei quali ha dovuto farsi nella Camera la guardia del corpo, la sua guardia di onore.

Ma non tutti fra coloro nella Camera e fuori, che hanno creduto, non conoscendolo, in lui, non tutti a lui sono legati da solidarietà di quel genere: sono pur fra essi uomini di cuore, onest'uomini e gentiluomini. Per questi soltanto ho parlato e per tutti quelli che nelle mie file o in file diverse di qualsiasi partito, hanno invocato la tregua di Dio sul terreno, ove tutti i cuori onesti si incontrano. E ho parlato per la pubblica coscienza, la quale, infallibile giudice, sa distinguere il linguaggio del galantuomo indignato da quello del libellista, il linguaggio del vero da quello della menzogna - e alla quale mi presento serenamente colla fronte alta di chi compie un dovere.

Roma, 15 giugno 1895